24.– ×88
3/73

Lanier

D1723722

G. J. Whitrow
Von nun an bis in Ewigkeit

G. J. Whitrow
Von nun an bis in Ewigkeit
Die ewige Sekunde

Econ Verlag
Düsseldorf · Wien

Das englische Original »What is Time?«
erschien 1972 bei Thames and Hudson, London
Deutsch von Jutta und Theodor Knust

Für Magda

Inhalt

Liefern Sie mir bitte über die Buchhandlung:

.... Exempl. von Däniken
Aussaat und Kosmos   20 DM

.... Exempl. von Khuon, **Waren die
Götter Astronauten**   20 DM

.... Exempl. von Buttlar
Schneller als das Licht   22 DM

Datum ....   Unterschrift ....

Land [ ] (D = Deutschland, CH = Schweiz, A = Österreich etc).
**Absender bitte „computergerecht" in Blockschrift
eintragen. Ein Kästchen = ein Buchstabe.**

PLZ [ ][ ][ ][ ]   Ort [ ][ ][ ][ ][ ][ ][ ][ ][ ][ ][ ][ ][ ]

Zuname [ ][ ][ ][ ][ ][ ][ ][ ][ ][ ][ ][ ][ ][ ]

Vorname [ ][ ][ ][ ][ ][ ][ ][ ][ ][ ][ ]   Herr [ ] Frau [ ] Firma [ ]

Straße, Hausnummer [ ][ ][ ][ ][ ][ ][ ][ ][ ][ ][ ][ ]

**ECON
VERLAGSGRUPPE**

4 Düsseldorf 1
Postfach 9229

Werbedrucksache

Bitte als
Postkarte
frankieren

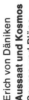

Erich von Däniken
Aussaat und Kosmos
Spuren und Pläne außerirdischer Intelligenzen.
288 S., 8 S. farb. Abb. Leinen, 20 DM
Hintergründiger und schockierender als je zuvor bringt der „Goldene" Däniken neue Kombinationen und Ideen. Auf den Spuren außerirdischer Intelligenzen fordert er die Wissenschaft heraus und belegt seine Thesen mit einzigartigen Bildern.

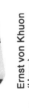

Ernst von Khuon (Hrsg.)
Waren die Götter Astronauten?
Wissenschaftler diskutieren die Thesen Erich von Dänikens.
280 S., 16 S. Abb., Leinen, 20 DM
Dieses interessante Diskussionswerk zeigt, warum die Thesen Erich von Dänikens Millionen Menschen bewegen und sie herausfordern, sich mit ihnen auseinanderzusetzen.

Johannes von Buttlar
Schneller als das Licht
Von den grenzenlosen Möglichkeiten des Menschen.
208 S., 16 S. schwarz-weiß-Abb., Leinen, 22 DM
Neue Untersuchungen über die Relativitätstheorie, Metaphysik und Parapsychologie sind die Schlüssel zur Erforschung außerirdischer Zivilisationen. Zu dieser Erkenntnis gelangt v. Buttlar nach langjährigen wissenschaftlichen Studien.

Vorwort

Ende 1969 hielt ich im Dritten Programm der BBC drei Vorträge über die Natur der Zeit. Sie wurden im Januar 1970 in *The Listener* veröffentlicht. Das vorliegende Buch ist eine erheblich erweiterte Fassung dieser Vorträge. Ich möchte diese Gelegenheit benutzen, um Christopher Sykes, der die Vorträge in Auftrag gab und den ersten Entwurf der Skripte edierte, meinem Produzenten Daniel Snowman und auch Thomas Neurath zu danken, der mich freundlicherweise aufforderte, das vorliegende Buch zu schreiben. Wie immer bin ich meiner Frau Magda Whitrow für ihre kritischen Anmerkungen und für die Herstellung des Registers sehr verpflichtet. Ich möchte auch Jane Galetti für das gefällige und sorgsame Schreiben des Manuskripts danken.

September 1971   G. J. W.

KAPITEL 1
Der Ursprung unserer Zeitvorstellung

Von dem russischen Dichter Samuel Marshak wird erzählt, daß er, als er vor 1914 zum erstenmal in London war und nicht gut Englisch konnte, auf der Straße auf einen Mann zuging und ihn fragte:»Bitte, was ist Zeit?« Der Mann machte ein überraschtes Gesicht und entgegnete:»Aber das ist doch eine philosophische Frage. Weshalb fragen Sie mich?« Vor vielen Jahrhunderten wurde ein berühmter Kirchenvater von der gleichen Frage gequält, und er gestand, daß er es, wenn ihn niemand danach frage, wisse, doch wenn er versuche, es jemandem auseinanderzusetzen, müsse er zugeben, daß er es nicht wisse. Es gibt viele wichtige Ideen, bei denen die meisten von uns darin übereinstimmen, daß wir sie nicht verstehen, doch nur die Zeit hat diese merkwürdige Eigenschaft, uns das instinktive Gefühl zu vermitteln, daß wir sie völlig verstehen, so lange man nicht von uns verlangt, zu erklären, was wir damit meinen.

Der Zweck dieses Buches ist es, die Natur der Zeit von verschiedenen Gesichtspunkten aus zu erörtern. Die erste Frage, die dabei erwogen werden muß, ist der Ursprung der Vorstellung, daß die Zeit eine Art lineares Fortschreiten ist, das von Uhr und Kalender gemessen wird. In der modernen Zivilisation beherrscht diese Auffassung unser Leben so sehr, daß sie eine unausweichliche Denknotwendigkeit zu sein scheint. Doch das trifft keineswegs zu. Nicht nur haben primitive Völker außerordentlich vage Vorstellungen von Uhren und Kalendern, sondern auch die meisten Zivilisationen, abgesehen von unserer eigenen in den letzten zwei, drei Jahrhunderten, neigen dazu, die Zeit ihrer Natur nach als im wesentlichen zyklisch aufzufassen. Im Licht der Geschichte ist unsere Zeitvorstellung ebenso ungewöhnlich wie unsere Ablehnung der Zauberei.

Obwohl unsere Vorstellung von der Zeit eines der eigentümlichen Charakteristika der modernen Welt ist, finden sich für die Bedeutung, die wir ihr beimessen, doch immerhin einige kulturelle Präzedenzfälle. Übrigens ist unser heutiger Gregorianischer Kalender — benannt nach Papst Gregor XIII., der ihn im März 1582 einführte — keineswegs der genaueste von allen, die je benutzt worden sind. Unser Kalender ist bei all seinen Raffinessen nicht ganz so genau wie der, den die Maya-Priester Mittelamerikas vor über tausend Jahren erfunden haben. Der Gregorianische Kalender ist ein wenig zu lang: der Fehler beläuft sich auf drei Tage in zehntausend Jahren. Bei den Mayas handelte es sich lediglich um *zwei* Tage in zehntausend Jahren.

Von allen uns bekannten Völkern waren die Mayas am stärksten von der Idee der Zeit besessen. Während man in der europäischen Antike glaubte, daß die Wochentage unter dem Einfluß der wichtigsten Himmelskörper ständen — Saturn-Tag (Saturday), Sonnen-Tag, Mondtag usw. —, war für die Mayas jeder Tag selbst göttlich. Jedes Monument und jeder Altar wurden errichtet, um den Verlauf der Zeit zu markieren, und keiner war für die Verherrlichung von Herrschern oder Eroberern bestimmt. Die Mayas stellten die Zeitabschnitte als Lasten dar, getragen von einer Hierarchie göttlicher Träger, die die entsprechenden Zahlen personifizierten, durch die sich die verschiedenen Perioden — Tage,

Monate, Jahre, Dekaden und Jahrhunderte — unterschieden.

Trotz der ständigen Beschäftigung mit Zeitphänomenen und der erstaunlichen Genauigkeit ihres Kalenders gelangten die Mayas nie zu der Vorstellung von der Zeit als der Reise eines einzigen Trägers mit seiner Last. Ihr Verständnis von der Zeit war magisch und polytheistisch. Obwohl die Straße, auf der die sich ablösenden göttlichen Träger wanderten, weder Anfang noch Ende hatte, bewegten sich Ereignisse in einem Kreis, dargestellt von den sich wiederholenden Dienstschichten für jeden Gott in der Aufeinanderfolge der Träger. Tage, Monate, Jahre usw., sie alle waren Mitglieder von sich ablösenden Mannschaften, die durch die Ewigkeit wanderten. Die Last eines jeden Gottes wurde allmählich zu dem besonderen Omen für den entsprechenden Zeitabschnitt. Im einen Jahr mochte die Last Dürre bedeuten, im anderen eine gute Ernte. Durch Berechnungen darüber, welche Götter an einem bestimmten Tag zusammen wandern würden, konnten die Priester das Ergebnis der Einflüsse aller Wandernden feststellen und so das Schicksal der Menschheit vorhersagen.

Die Hierarchie von Zyklen für jeden Zeitabschnitt führte die Mayas dazu, der Vergangenheit mehr Aufmerksamkeit zu widmen als der Zukunft. Man nahm an, daß sich die Geschichte in Zyklen von 260 Jahren wiederholte und daß bedeutsame Ereignisse dem vorherbestimmten allgemeinen Plan folgten. Beispielsweise wurde die von den Spanier eingeführte christliche Religion gleichgesetzt mit einem ausländischen Kult, der den Mayas einige Jahrhunderte früher aufgezwungen worden war. Vergangene, gegenwärtige und zukünftige Ereignisse gingen in der Weltanschauung der Mayas ineinander über, weil sie sich alle aus derselben göttlichen Last des Zweihundertsechzig-Jahre-Zyklus ergaben.

13

Uns erscheint diese Vermengung von Vergangenheit, Gegenwart und Zukunft durch ein hochintelligentes Volk, das eine ununterbrochene und raffinierte Untersuchung der astronomischen Zeit vorgenommen hat, sehr seltsam, besonders da wir jetzt überreichliche Beweise dafür haben, daß unser Sinn für diese zeitlichen Unterscheidungen eine der wichtigsten geistigen Fähigkeiten ist, die den Menschen vor allen anderen lebenden Geschöpfen auszeichnet. Es scheint, daß alle Tiere — außer dem Menschen — in einer ständigen Gegenwart leben. Alle Beispiele, die man für das Gegenteil anführen möchte, halten einer kritischen Prüfung nicht stand. Hunde zeigen häufig Erinnerungsfähigkeiten, indem sie beim Wiedersehen mit ihrem Herrn nach langer Trennung der wildesten Freude Ausdruck verleihen; doch das muß nicht unbedingt auf irgendein Bild von der Vergangenheit als solcher hinweisen. Ebenso gibt es keine schlüssigen Beweise dafür, daß irgendein Tier einen Sinn für die Zukunft besitzt. Sorgfältig analysierte Experimente haben gezeigt, daß selbst bei den intelligentesten Tieren wie den Schimpansen alle Handlungen, die man als Hinweis auf einen solchen Sinn auffassen könnte, in Wirklichkeit völlig instinktiv sind.

Beim Menschen muß das Bewußtsein der Unterschiede zwischen Vergangenheit, Gegenwart und Zukunft das Ergebnis des Nachdenkens über die menschliche Situation sein. Die geistige und gefühlsmäßige Spannung, die sich aus der Entdeckung ergibt, daß jedes Lebewesen geboren wird und stirbt — der Mensch selbst eingeschlossen —, muß ihn dazu geführt haben, intuitiv ein Entkommen aus dem unbarmherzigen Ablauf der Zeit zu suchen. Wir haben Beweise, daß sogar der Neandertaler, der Vorläufer des *Homo sapiens,* seine Toten beerdigt und vielleicht auch für das vorgesorgt hat, was er sich als deren zukünftige Bedürfnisse vorstellte. Für uns selbst, den *Homo sapiens,* beweisen die ältesten Funde, die gut fünfunddreißig Jahrtausende alt sind, daß das rituelle Begräbnis bereits fester Brauch war. Die Toten wurden nicht nur mit Waffen, Werkzeugen und Schmuck ausgestattet, sondern sogar mit Lebensmitteln, die häufig genug für die Lebenden knapp gewesen sein müssen. Es sind sogar Grabstätten gefunden worden, in denen die Leiche mit einem roten Farbstoff überzogen war, zweifellos mit der Absicht, dem Toten die Farbe des lebenspendenden Blutes zu geben in der Hoffnung, daß damit sein physisches Erlöschen verhindert werden konnte. Gewöhnlich wurde die Leiche in hockender Stellung begraben, was auf die Vorstellung zurückzuführen sein könnte, daß die Toten so in den Mutterleib der Erde für eine künftige Wiedergeburt eingebettet wurden. Ob diese Erklärung der Begräbnisbräuche unserer fernen Vorfahren richtig ist, bleibt natürlich offen, aber sie könnte ein Hinweis auf den Ursprung der zyklischen Lebensauffassung sein.

Es muß eine ungeheure Anstrengung für den Menschen gewesen sein, seine natürliche Neigung, wie die Tiere in ständiger Gegenwart zu leben, zu überwinden. Unser Wissen von heute noch lebenden primitiven Völkern bietet uns reichlich Beweise dafür. Beispielsweise haben die Kinder von australischen Eingeborenen, obwohl sie die gleichen geistigen Fähigkeiten wie weiße Kinder haben, große Schwierigkeiten, die Zeit von der Uhr abzulesen. Natürlich können sie es lernen, durch Gedächtnisübung die Stellung der Uhrzeiger abzulesen, doch es gelingt ihnen nicht, diese Stellung mit der Tageszeit in Verbindung zu bringen. Hier besteht eine für sie schwer zu überschreitende Kluft zwischen ihrem Zeitbegriff und dem der modernen industriellen Zivilisation. Es war gewiß bezeichnend, daß Rousseau, der den edlen Wilden rühmte, die Zeit verachtete und seine Uhr wegwarf.

Ein entscheidender Faktor bei der intuitiven Zeitvorstellung des primitiven Menschen war sein Sinn für Rhythmus. Ein hochentwickelter Sinn für Rhythmus befähigte einen Stamm, im Krieg und auf der Jagd präzise als Einheit zu funktionieren. Die Zeit wurde vom Menschen außerdem sowohl in der Periodizität seines Lebens als auch in der Periodizität der natürlichen Welt erfahren. Die wichtigsten Übergänge von einer Lebensphase des einzelnen Menschen zur nächsten stellte man sich als Krisen vor. Infolgedessen half die Gemeinschaft, der dieser Mensch angehörte, ihm mit den geeigneten Riten. Ebenso wurden auch die wichtigsten Übergänge in der Natur als plötzlich auftretend und dramatisch betrachtet. Beim Wechsel von der nomadischen Hirten- zu einer landwirtschaftlichen und höher organisierten Daseinsform muß sich die Bedeutung der zyklischen Erscheinungen in der Natur ungemein erhöht haben. Die Natur wurde gesehen als ein Prozeß der Auseinandersetzung zwischen göttlichen kosmischen und dämonischen chaotischen Mächten, ein Prozeß, in dem der Mensch nicht nur Zuschauer, sondern gezwungen war, eine aktive Rolle zu spielen, indem er durch sein Handeln in völliger Übereinstimmung mit der Natur dazu beitrug, daß die notwendigen Phänomene zustande kamen. Das hieß, es mußten bestimmte Ritenabläufe dargestellt werden. So feierten die Babylonier zwei Jahrtausende lang, bis tief in die hellenistische Zeit hinein, ein Neujahrsfest von mehreren Tagen — es fand etwa zur Zeit der Frühlings-Tagundnachtgleiche statt —, bei dem die Schöpfungsgeschichte szenisch aufgeführt und sogar eine Scheinschlacht ausgefochten wurde, in der der König den siegreichen Gott verkörperte. In Ägypten, wo alles vom Nil abhing, wurde die Krönung eines neuen Königs so vorgenommen, daß sie entweder mit dem Ansteigen des Stromes im Frühsommer oder mit dem Zurückweichen der Über-

schwemmung zusammenfiel, wenn also die schlammgedüng-
ten Äcker saatbereit waren. Das vom Oberpriester im alten Babylon liturgisch rezitierte
Schöpfungsepos wurde nicht als ein Bericht über die *Ver-
gangenheit* betrachtet. Es diente vielmehr dem theologisch-
politischen Zweck, den Supremat des Gottes Marduk in
der *Gegenwart* zu sichern. Denn Marduk, der nicht der älteste der Götter war, war die besonders mit Babylon ver-
bundene Gottheit, und seine Herrschaft über die anderen
Götter wurde so verstanden, daß sie die politische Ober-
herrschaft rechtfertigte, die Babylon errungen hatte.

Die Ägypter waren um nichts historischer eingestellt als die
alten Mesopotamier. Trotzdem leisteten sie in einer Hinsicht
einen hervorragenden Beitrag zur Wissenschaft von der Zeit.
Denn sie entwarfen den »einzigen klugen Kalender, den es
in der Menschheitsgeschichte jemals gegeben hat«, wie Otto
Neugebauer sagt. Ihr Jahr bestand aus zwölf Monaten,
jeder hatte dreißig Tage, dazu fünf zusätzliche Tage am
Jahresende. Man nimmt an, daß dieser Kalender aus rein
praktischen Gründen entstanden ist, und zwar aus der ständigen Beobachtung der Zeitabschnitte zwischen dem jeweiligen Eintreffen der Nilflut in Kairo, woraus der Durchschnitt errechnet wurde.

Trotz des ägyptischen Beispiels waren die Kalender ursprünglich in erster Linie mit der Religion verknüpft, weil
es sehr wichtig war, Feiern und Opferfeste an festen Daten
zu begehen. Warum sollte es Gott etwas ausmachen, an welchem Tag Ostern gefeiert wird? Wie bereits in Babylon,
war der Priesterkönig die Verkörperung des unsichtbaren
Gottes im Himmel, und die Riten, die er ausführte, waren
die Wiederholung göttlicher Taten und mußten sowohl zeitlich als auch dem Charakter nach genau den Riten oben im
Himmel entsprechen. Auf Grund dieser primitiven Vorstel-

lung war es wichtig, Ostern am richtigen Tag zu feiern; denn auf dieses Datum fiel die entscheidende Zeit des Kampfes zwischen Gott (oder Christus) und dem Teufel, und Gott brauchte die Unterstützung durch seine Verehrer, um den Teufel zu besiegen.

Die Bedeutung der himmlischen Einflüsse auf die Vorstellungen von Zeit und Kalender geht auf die Chaldäer oder frühen Babylonier zurück. Ihre Astrologie stützte sich auf die grundlegende Annahme, daß alle Ereignisse auf Erden von den Sternen beeinflußt werden. Bis zu ihnen können wir — über die Juden — insbesondere den Ursprung unserer heutigen Siebentagewoche zurückverfolgen, die mit Sonne, Mond und den fünf Planeten zusammenhängt, die die Chaldäer entdeckt haben. (Die Unterscheidung dieser Planeten von den sogenannten »Fixsternen« war eine ihrer größten Leistungen.)

Die planetarische Woche stellt eine seltsame Verbindung von Vorstellungen aus verschiedenen Kulturen dar. Aus Babylon kam die Lehre vom Einfluß der Sterne auf das Schicksal des Menschen, von den alexandrinischen Griechen die mathematische Astronomie, die die Planeten ihrer Entfernung von der Erde nach in eine bestimmte Ordnung setzte, und auf diesen Grundlagen schufen dann die späthellenistischen Astrologen, die mit dem uralten Kult der magischen Ziffer sieben vertraut waren, eine rein heidnische Woche. Gegen Ende des dritten Jahrhunderts wurden die Christen, die bis dahin die jüdische Siebentagewoche benutzt hatten, deren Tage keine Namen trugen, sondern einfach beziffert wurden, allmählich von den astrologischen Ansichten der vom Heidentum Bekehrten beeinflußt und begannen die planetarische Woche zu benutzen. Die Sterne wurden nicht mehr als Gottheiten betrachtet, sondern als Dämonen, die fähig waren, das Schicksal des Menschen zu beeinflussen. Zu jener Zeit wirkte sich in der römischen Welt die Verehrung des orientalischen Sonnengottes Mithras außerordentlich stark aus. Das führte dazu, daß Heiden den *dies Solis* (den Sonn-Tag) statt des *dies Saturnis* (Saturn-Tag) an den Anfang der Woche setzten. Diese Änderung sprach die Christen an, die schon lange den Sonntag — den Tag des Herrn *(dies Dominica)*, an dem Christus von den Toten auferstanden war — statt des jüdischen Sabbats als ersten Tag der Woche begangen hatten. Übrigens scheint das erste Sonntagsgesetz in einem Edikt des Kaisers Konstantin aus dem Jahr AD 321 enthalten zu sein, nach dem Beamte, Bürger und Handwerker »an dem verehrungswürdigen Tag der Sonne« von ihren Mühen ruhen sollten. In dem gleichen, dem vierten Jahrhundert wurde für das Weihnachtsfest der 25. Dezember festgelegt, weil an diesem Datum jedes Jahr die Geburt der Sonne zu einem neuen Leben nach der Wintersonnenwende gefeiert wurde. Ostern, das dem Ursprung nach ein Mondfest war (und bei oder unmittelbar nach Vollmond stattfand), behielt ein variables Datum.

Der Einfluß des Christentums auf unsere moderne Zeitvorstellung beschränkt sich nicht auf kalendarische Einzelheiten. Er war sehr viel grundlegender. Die zentrale Lehre der Kreuzigung wurde als ein einmaliges Ereignis in der Zeit betrachtet, keiner Wiederholung unterworfen; daraus folgte, daß die Zeit linear und nicht zyklisch sein mußte. Der Glaube an die zyklische Struktur der Zeit war vielen alten Kulturen gemeinsam und charakterisierte insbesondere die kosmologischen Vorstellungen der Griechen, vor allem in der hellenistischen Zeit. Sie fanden ihre Apotheose in der Idee des »Großen Jahres«, die Nemesios, der Bischof von Emesa, im vierten Jahrhundert so lebendig beschrieb:

19

Die Stoiker sagen, daß die Rückkehr der Planeten zu ge-
wissen festliegenden Zeitperioden zu den gleichen relativen
Positionen, die sie im Anfang hatten, als der Kosmos ge-
schaffen wurde, die Verbrennung und Vernichtung alles
Bestehenden hervorruft. Dann wird der Kosmos in genau
der gleichen Anordnung wie vorher wieder neu hergestellt.
Die Sterne bewegen sich wieder auf ihren Bahnen, wobei
jeder ohne Veränderung seine Umdrehungen wie in der
früheren Periode vollbringt.

Nach Nemesios glaubten die Stoiker sogar, daß Sokrates und
Plato und jeder einzelne Mensch wieder, und zwar mit den
gleichen Freunden und Mitbürgern leben wird. Sie werden
die gleichen Erlebnisse haben und die gleichen Taten begehen. Jede Stadt und jedes Dorf und Feld werden genauso
wiederhergestellt, wie sie waren. Und diese Wiederherstel-
lung des Weltalls findet nicht einmal statt, sondern immer
und immer wieder — ohne Ende bis in alle Ewigkeit. Jene
unter den Göttern, die der Vernichtung nicht unterworfen
sind, wissen, weil sie den Ablauf einer Periode beobachtet
haben, alles, was in allen folgenden Perioden geschehen wird.
Denn es wird niemals etwas Neues geben, nie etwas anderes
als das, was bis in die winzigste Einzelheit schon vorher gewesen ist.

Vor dem Entstehen des Christentums scheinen sich mit Ausnahme einiger weniger Schriftsteller wie Seneca, nur die
Juden und die Anhänger der Zarathustrischen Lehre die
Geschichte als progressiv und nicht zyklisch ablaufend vor-
gestellt zu haben. Die Eschatologie der frühen jüdischen Pro-
pheten war zweifellos stark von dem Schicksal Israels als
Staat beeinflußt, nachdem dieser von den Babyloniern besiegt
worden war: nur die Zukunft konnte der Gemeinschaft
gläubiger Israeliten das Wohl verheißen. Kurz, das entschei-

dende Ziel des jüdischen Gottes in der Geschichte war die Erlösung Israels. Das für unsere Zwecke wichtige Buch im Alten Testament ist jedoch unter dem späteren Druck der Bedrohung durch die Seleukiden kurz vor dem Makkabäeraufstand geschrieben worden: das *Buch Daniel,* wo unter dem Anschein einer Prophezeiung Geschichte als ein einheitlicher Prozeß dargestellt wurde, der einem göttlichen Plan von teleologischer Bedeutung entsprach.

Auch die Religion, die in den ersten christlichen Jahrhunderten in schärfstem Wettbewerb mit dem Christentum stand, beschäftigte sich stark mit der Bedeutung der Zeit. Denn der Mithraskult — von dem das Christentum schließlich viele Elemente aufnahm — leitete sich von der als Zervanismus bekannten häretischen Form der Zarathustrischen Lehre ab. Für Mitglieder dieser Sekte war die Zeit *(Zervan)* die Quelle aller Dinge und der Vater der Zwillingsgeister Gut und Böse, Ormazd und Ahriman, die in dem ursprünglichen Dualismus der frühen Zarathustrischen Lehre allein als elementar galten. Es wurde ein Unterschied gemacht zwischen *Zervan akarana* — der unendlichen Zeit — und der »Zeit der langen Herrschaft« — der finiten Zeit. Letztere, die zwölftausend Jahre währte — die Zahl zwölf wurde mit den zwölf Zeichen des Tierkreises in Verbindung gebracht —, ist die Periode des Kampfes zwischen dem Geist des Guten und dem des Bösen. Der ganze Daseinsgrund der finiten, endlichen Zeit scheint der gewesen zu sein, diesen Konflikt von Gut und Böse zustande zu bringen, der zum schließlichen Triumph des Guten führt. Wenn man sich auch vorstellte, daß sich die endliche Zeit in einem Kreis bewegte, so wurde diese Kreisbewegung doch nicht als ewig betrachtet. Die iranische Zeittheorie hatte deshalb wenig oder keine Verwandtschaft mit den *Aion*-Spekulationen (nach denen die Ewigkeit ständige Wiederholung desselben ist, vgl.

S. 24) der hellenistischen Welt oder mit dem immer wiederkehrenden *Kalpa*, dem Brahma-Tag der Hindus, und dem Weltalter der Buddhisten (aufeinanderfolgende Zyklen). Statt dessen taucht in einem bestimmten Augenblick die endliche Zeit aus der unendlichen Zeit im Dasein auf, bewegt sich in einem Kreis, bis sie zu ihrem Beginn zurückkehrt, und verschmilzt dann mit der unendlichen Zeit — d. h. mit der Zeitlosigkeit.

Die christliche Auffassung von der Zeit ist auf radikalere Art linear und sogar noch freier von irgendwelchen zyklischen Vorstellungen als die zarathustrische und jüdische. Denn die nachdrückliche Betonung der Nichtwiederholbarkeit der Ereignisse gehörte entschieden zum Wesen des Christentums. Der Gegensatz zur jüdischen Auffassung wird ganz deutlich im *Brief an die Hebräer*, Kapitel 9, Vers 25 und 26:»Christus ist auch nicht eingegangen, daß er sich oftmals opfere, gleichwie der Hohepriester geht alle Jahr in das Heilige mit fremdem Blut; Sonst hätte er oft müssen leiden von Anfang der Welt her. Nun aber am Ende der Welt ist er *einmal* erschienen, durch sein eigen Opfer die Sünde aufzuheben.« Allerdings hatten die Griechen bereits im dritten Jahrhundert v. Chr. begonnen, die Jahre nach einer einzigen Ära fortlaufend zu zählen, als nämlich der Historiker Timaios die Methode einführte, die Olympiaden nach den Olympischen Spielen von 776 v. Chr. zu zählen. Doch in der christlichen Zeitrechnung wurde die Anno-Domini-Zählung erst im Jahr 525 eingeführt. Und zur Datierung der vorchristlichen Zeit begann man erst im siebzehnten Jahrhundert von Christi Geburt an rückwärts zu zählen. Das lag daran, daß im mittelalterlichen Europa — wie auch in der Antike — die Zeit nicht als eine fortlaufende Variable empfunden, sondern nach Jahreszeiten, Tierkreisabschnitten und so fort unterteilt wurde, wobei jede dieser Auffassun-

22

gen ihren besonderen Einfluß ausübte. Mit anderen Worten, die magische Zeit war noch nicht durch die wissenschaftliche Zeit ersetzt worden.

Während des ganzen Mittelalters stand die zyklische Zeitvorstellung ständig im Kampf mit der linearen. Wissenschaftler und Gelehrte, von Astronomie und Astrologie beeinflußt, neigten dazu, die Auffassung von einer zyklischen Zeit vorzuziehen. Die Auffassung von einer linearen Zeit wurde von der Kaufmannsschicht vertreten und durch das Aufkommen der Geldwirtschaft fast Allgemeingut. Denn solange die Macht im Grundbesitz begründet lag, hatte man den Eindruck, Zeit sei in Fülle vorhanden und mit dem unveränderlichen Zyklus der Landwirtschaft verbunden. Doch mit dem Zunehmen des Geldumlaufs war die Mobilität das Kriterium. Das Lebenstempo beschleunigte sich, und die Zeit wurde nun als etwas Wertvolles betrachtet, das ständig dahineilte: nach dem vierzehnten Jahrhundert schlugen in italienischen Städten öffentliche Uhren alle vierundzwanzig Stunden des Tages. Die Menschen fingen an zu glauben, daß »Zeit Geld ist« und daß man sich bemühen müsse, sie wirtschaftlich zu nutzen.

Eine der wichtigsten kulturellen Folgen der sich wandelnden Einstellung des Menschen zur Zeit im späten Mittelalter und in der Hochrenaissance war ihre Auswirkung auf die bildenden Künste: das Malen *a secco* trat an die Stelle des Malens *a fresco* oder der eigentlichen Freskomalerei. Denn die überaus lange Lehrzeit, die junge Maler ableisten mußten, ehe sie die Freskomalerei beherrschten, konnte nicht mehr beibehalten werden, als soziale Veränderungen und Zwänge den Wunsch nach Schnelligkeit erregten. Während sich früher ein Handwerker bei der Ausführung seiner Arbeit Zeit lassen konnte, mußte ein Maler, der auf der sozialen Leiter aufgestiegen war und damit neues Ansehen erworben hatte,

rasch arbeiten, um alle Aufträge, die er erhielt, schaffen zu
können. Selbst Michelangelos Beispiel war vergeblich. Ursprünglich war geplant worden, daß das *Jüngste Gericht* in
der Sixtinischen Kapelle in Öl *a secco* gemalt werden sollte,
doch Michelangelo wandte ein, die Ölmalerei »eigne sich nur
für Frauen und schlampige Arbeiter«, und führte das Werk
deshalb *a fresco* aus. Aber es zeigte sich, daß dies dem
Strom des Jahrhunderts zuwiderlief, und so starb die echte
und ruhmreiche Freskokunst aus, da ihre Praxis mit der
neuen sozialen Einstellung zur Zeit nicht mehr vereinbar war.

In einem faszinierenden Essay über die Ikonologie des »Vater Zeit« hat der berühmte Kunsthistoriker Erwin Panofsky
die Aufmerksamkeit auf den Gegensatz zwischen den sym-
bolischen Darstellungen der Zeit in der klassischen Kunst –
entweder als flüchtige Gelegenheit *(Kairos)* oder als schöp-
ferische Ewigkeit *(Aion)* – und denen des typischen Renais-
sance-Abbildes der Zeit als Zerstörer, ausgerüstet mit Stun-
denglas, Hippe oder Sense, gelenkt. Keine Epoche, so argumentiert er, sei so besessen gewesen von dem Horror und
der Erhabenheit der Zeit wie der Barock, »die Epoche, in der
sich der Mensch mit dem Unendlichen als einer Eigenschaft
des Universums statt eines Vorrechtes von Gott konfrontiert
sah«. Diese Besessenheit von dem zerstörerischen Aspekt der
Zeit zeigt sich bei Shakespeare, vor allem in seinen Sonnetten
und in der *Lucretia,* etwa in Strophe 133:

Und du, der Nacht Mitschuld'ge: Scheusal Zeit,
Vertilgerin der Jugend, Sorgenschwinge,
Treulose Botin schnöder Üppigkeit,
Packpferd der Sünde und der Tugend Schlinge,
Du aller Wieg' und Grab im Weltenringe:
Da du die Ehre mir zu rauben kamst,
Nimm auch mein Leben, dessen Schmuck du nahmst!

Eine intellektuelle Besessenheit von der Zeit beherrschte das Denken von Shakespeares Zeitgenossen Edmund Spenser. Ein phantastisches Beispiel für diesen Einfluß ist seine Hochzeitsode *Epithalamion*. Vor reichlich zehn Jahren bewies der amerikanische Professor Kent Hieatt nach einem Meisterstück literarischer Detektivarbeit, daß dieses bekannte Gedicht ein Gewebe von Zeitsymbolismen ist, in dem die Bewegung der Sonne im Lauf des Tages und des Jahres in allen Einzelheiten nachgewiesen wird. Nicht nur repräsentieren die vierundzwanzig Strophen die Stundenzahl des Tages, sondern die langen Zeilen sind auch Äquivalente der Zeitdauer und die kurzen Äquivalente der Zeitunterteilung. Hieatt wies darauf hin, daß die Gesamtzahl der langen Zeilen 365 beträgt, die Zahl der Tage im Jahr. Andere Zeilensummen ahmen die scheinbare Bewegung der Sonne im Verhältnis zu den Fixsternen während des ganzen Jahres nach. Das Gedicht war zur Feier von Spensers eigener Hochzeit geschrieben worden, die im Mittsommer im südlichen Irland stattgefunden hat. Um diese Jahreszeit hält das Tageslicht in jenen Breiten etwa sechzehndreiviertel Stunden an. Und das wird in dem Gedicht tatsächlich durch eine Veränderung im Refrain in der siebzehnten Strophe angezeigt, wo die Nacht einfällt.

Bei Spenser liegt die zyklische Zeitauffassung mit der linearen in Fehde. Auf der einen Seite wird seine Zeitvorstellung beherrscht von dem Bild des Rades der ewigen Veränderung — eine universale zyklische Harmonie, durch die alle Dinge zu sich selbst zurückkehren und zeitliche Wesen durch ständige Wiedergeburt Dauer erlangen. Auf der anderen Seite kam Spenser aus religiöser Überzeugung zu dem Schluß, daß diese auf jahrhundertealten Vorstellungen beruhende Veränderlichkeit nicht endlos währen, sondern schließlich einer wahrhaft ewigen Vollendung Platz machen wird, wenn die Zeit selbst endet:

But time shall come that all shall changed be,
And from thenceforth, none no more change shall see.
(Aber es wird kommen die Zeit, daß alles verändert sein
und von dann an niemand Veränderung mehr sehen wird.)

Trotz seiner Gelehrsamkeit war Spenser im wesentlichen ein
rückwärtsblickender Mensch und muß als einer der großen
Exponenten der traditionellen zyklischen Vorstellungen von
der Zeit betrachtet werden. Die bedeutenden Führer der wissenschaftlichen Revolution des siebzehnten Jahrhunderts waren ebenfalls sehr an Zeit- und Uhrmetaphern interessiert,
doch mit ihnen wurde eine andere Anschauungsweise vor-
herrschend. Schon früh in diesem Jahrhundert wies Kepler ausdrücklich die alte, fast animistische magische Auffassung vom Universum zurück und behauptete, es sei einer
Uhr gleich. Später benutzten Robert Boyle und andere den-
selben Vergleich. Ja, die Erfindung der mechanischen Uhr
spielte eine zentrale Rolle bei der Formulierung der mechani-
stischen Auffassung von der Natur, die die Naturphiloso-
phie von Descartes bis Kelvin beherrschte. Ein sogar noch
weiterreichender Einfluß der mechanischen Uhr ist von Lewis
Mumford festgestellt worden, der erklärt hat, sie »trenne
die Zeit von den menschlichen Ereignissen und helfe den
Glauben an eine unabhängige Welt der Wissenschaft schaffen«.

Was den Einfluß der mechanischen Uhr auf den Zeitbegriff
selbst betrifft, so unterscheidet ein wichtiger Punkt diese
Art von Zeitmesser von seinen Vorgängern. Die ältesten
Methoden der Zeitrechnung waren im wesentlichen diskon-
tinuierlich. Denn statt sich auf eine kontinuierliche Folge
zeitlicher Einheiten zu verlassen, umfaßten sie nur die
Wiederholung einer konkreten Erscheinung, die innerhalb
einer Einheit auftritt — wie beispielsweise bei Homer, der im

einundzwanzigsten Gesang der *Ilias* einen der Söhne des
Priamus den Zeitraum von zwölf Tagen folgendermaßen
ausdrücken läßt:»Der zwölfte der Morgen leuchtet mir erst,
seitdem ich in Ilions Mauern zurückkam.« Selbst die Son-
nenuhren, Sandrechner und Wasseruhren der Antike waren
in ihrer Tätigkeit mehr oder weniger unregelmäßig, und
erst als der holländische Wissenschaftler Christiaan Huygens
Mitte des siebzehnten Jahrhunderts eine funktionierende
Pendeluhr erfunden hatte, besaß der Mensch endlich einen
genauen Zeitmesser, der kontinuierlich Jahr für Jahr weiter-
tickte. Dadurch wurde die moderne Auffassung von der
Gleichartigkeit und Kontinuität der Zeit stark beeinflußt.

Im Lauf des gleichen Jahrhunderts trat die zyklische Vorstellung hinter die neue Ansicht vom linearen Fortschreiten
zurück, für die bereits 1602 Francis Bacon in seiner frühen
bedeutsamen Arbeit mit dem (lateinischen) Titel *Die männliche
Geburt der Zeit* eingetreten war. Dennoch hing selbst Newton noch der zyklischen Auffassung an und war überzeugt,
daß die Welt ein Ende nähme. Er glaubte, daß der Komet von
1680 die Erde nur um Haaresbreite verfehlt habe, und wies
in seinen Kommentaren zur *Offenbarung des Johannes* und
zum *Buch Daniel,* die zu seinen Lebzeiten unveröffentlicht
blieben, darauf hin, daß das Ende der Welt nicht mehr lange
auf sich warten lassen werde. Ein besonders auffallendes
Beispiel für seine zyklische Philosophie findet sich in einem
Brief, den er im Dezember 1675 an Henry Oldenburg, den
Sekretär der Royal Society, geschrieben hat.»Denn die
Natur«, schrieb er, »ist eine beständig kreisförmig Wirkende, die Flüssigkeiten aus festen Körpern, beständi-
dige Dinge aus flüchtigen und flüchtige aus beständi-
gen, feine aus groben und grobe aus feinen erzeugt, manche Dinge veranlaßt, aufwärts zu steigen und die oberen
terrestrischen Säfte, Flüsse und die Atmosphäre zu machen,

und infolgedessen andere, hinabzusteigen zum Ausgleich für die ersteren. Und wie die Erde, so mag vielleicht auch die Sonne diesen Geist reichlich einsaugen, um ihr Scheinen zu bewahren und die Planeten davon abzuhalten, daß sie sich weiter von ihr entfernen.« Dagegen traten unter anderem Leibniz, Barrow und Locke für die Vorstellung des linearen Fortschreitens ein. Im achtzehnten Jahrhundert inspirierte die neue Auffassung von der Zeit die Philosophen der Aufklärung, von denen die biblische Chronologie aufgegeben wurde, weil diese automatisch die Möglichkeit von Prozessen langsamer Verwandlung innerhalb ungeheurer Zeiträume ausschloß.

Die Idee der kosmischen Evolution, die das moderne Denken beherrscht, läßt sich bis zu Descartes zurückverfolgen. Anders als Newton, der mit seiner Gravitationstheorie erklärte, wie die Umlaufbewegungen der Planeten und Trabanten aufrechterhalten werden können, aber nicht, wie sie zustande kamen, nahm Descartes an, daß die Welt ursprünglich gefüllt war mit möglichst gleichmäßig verteilter Materie, und er skizzierte qualitativ eine Theorie der aufeinanderfolgenden Bildung der Sonne und der Planeten.

Abbildung 1

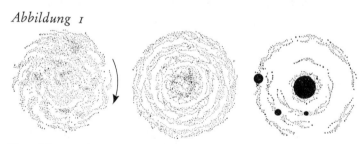

Kants Theorie über die Entstehung des Sonnensystems. Eine riesige Gaswolke, die sich unter ihrer eigenen Gravitation zusammenzieht, beginnt zu rotieren und schleudert Materieteile von ihrem Zentrum ab, die sich durch weitere Schwerkraftzusammenziehung zu den Planeten formt. Seiner Ansicht nach wird das Universum im Verlauf der Zeit weniger homogen.

Descartes' Vorstellung, daß sich das Weltall durch natürliche Trennungs- und Kombinationsprozesse entwickelt, wurde zum Ausgangspunkt für eine Reihe von Theorien über kosmische Evolution von Swedenborg, Buffon und anderen. Doch der erste, der Newtonsche Auffassungen auf die Probleme der Kosmogonie anwandte, war Immanuel Kant in seiner *Allgemeinen Naturgeschichte und Theorie des Himmels*, die 1755 veröffentlicht wurde. Kant ging von der Vorstellung aus, daß zu Anfang die gesamte Materie in gasförmigem Zustand mehr oder weniger gleichförmig im ganzen Weltall verbreitet war. Infolgedessen nahm er an — wie es viele seither getan haben —, daß wir in einem evolutionären oder sich entwickelnden Universum leben, d. h., daß die Vergangenheit wesentlich einfacher war als die Gegenwart.

Obwohl der Gedanke der Entwicklung in der Luft lag, war eines der Hindernisse, die zunächst zu überwinden waren, die weitverbreitete, überlieferte Überzeugung, daß der Umfang der Vergangenheit ungemein begrenzt sei. Erzbischof Ussher berechnete um 1650, daß Gott die Welt am Sonntag, dem 23. Oktober 4004 v. Chr. geschaffen habe. Der Rechenvorgang war dabei etwas weniger genau, als das Ergebnis anzuzeigen scheint. Ussher kam zu der Zahl 4004 v. Chr., indem er Luthers Schätzung von viertausend Jahren vor Christi Geburt übernahm — Luther war zu dieser Zahl gekommen, indem er verschiedene Berechnungen der alttestamentarischen Chronologie abrundete — und dazu jene vier Jahre zählte, die sich ergaben, weil Kepler die Geburt Christi auf das Jahr 4 v. Chr. verlegte; Kepler kam zu diesem Ergebnis infolge eines Fehlers im Datum der Kreuzigung, den er entdeckte, als er die Datierung des Neuen Testaments mit derjenigen der Sonnenfinsternisse verglich. Im Verlauf des achtzehnten Jahrhunderts begannen Naturwissenschaftler und andere, die sich auf die Bibel gründende Chronologie der Natur aufzugeben. Im Jahr 1721 schrieb Montesquieu in seinen *Persischen Briefen:* »Ist es denn möglich, daß diejenigen, die die Natur verstehen und eine vernünftige Gottesvorstellung haben, glauben, die Materie und die geschaffenen Dinge seien erst sechstausend Jahre alt?« Mitte des Jahrhunderts dachte Diderot in »Millionen von Jahren«, und Kant erklärte, daß das Universum vielleicht Hunderte von Jahrmillionen alt sei.

Im Jahr 1788 wies der Geologe James Hutton in seiner *Theory of the Earth* die ältere These zurück, nach der die Schichtung der Felsen, die Ablagerung durch Ozeane usw. durch plötzliche Katastropheneinwirkung entstanden sein sollten. Er erkannte, daß die wahre wissenschaftliche Einstellung die ist, nicht solche *Ad-hoc*-Hypothesen aufzustellen, sondern zu untersuchen, ob Kräfte, die jetzt wirken, auch während der Vergangenheit ständig gewirkt haben könnten. Seiner Ansicht nach hat sich die Welt entwickelt und entwickelt sich noch (an einer Stelle verglich er sie tatsächlich mit einem Organismus). Er kam zu dem Schluß, daß riesige Zeitperioden erforderlich waren, bis die Erde ihren gegenwärtigen Zustand erreicht hatte, und aus seinem Studium der Sediment- und Eruptivgesteine folgerte er: »Wir finden keine Spur eines Anfangs — keine Aussicht auf ein Ende.«

Obwohl im Lauf des achtzehnten Jahrhunderts dem Gedanken des historischen Fortschritts immer größere Bedeutung beigemessen wurde, hielten sich auch zyklische Geschichtsvorstellungen. In der berühmten *Neuen Wissenschaft* gründete der italienische Philosoph Giovanni Battista Vico seine Geschichtstheorie auf sein eigenes »Gesetz der Zyklen«. Doch durch den Einfluß der biologischen Evolutionisten des neunzehnten Jahrhunderts setzte sich die Vorstellung einer linearen Zeit als kontinuierliches Fortschreiten ohne zyklische Wiederholung durch. Heute, in einer Welt, die beherrscht ist von der westlichen Naturwissenschaft — in der selbst unser tägliches Leben chronometrisch derart geregelt ist, daß wir nicht essen und schlafen, wenn wir hungrig oder müde sind, sondern wenn uns die Uhr dazu anhält —, ist unser Zeitbegriff der beherrschende Punkt in unserer Weltanschauung. Es kann deshalb nicht überraschen, wenn allgemein angenommen wird, daß dieser Zeitbegriff intuitiv und selbstverständlich sei. Doch wie wir aus der Geschichte gesehen haben, ist das keineswegs der Fall.

KAPITEL 2

Die Zeit und wir

Die zunehmende Bedeutung, die der Vorstellung von der Zeit nach der naturwissenschaftlichen Revolution im siebzehnten Jahrhundert beigemessen wurde, veranlaßte Philosophen dazu, die Natur des Zeitbegriffs und seine Rolle bei unserer persönlichen Wahrnehmung der Erscheinungen zu untersuchen. Eine zentrale Gestalt in diesem Zusammenhang war der Philosoph Immanuel Kant, der zu dem Schluß gelangte, daß die Zeit eine der Formen unserer »Intuition« sei. Das soll heißen, die Zeit charakterisiert nicht äußere Objekte, sondern nur den subjektiven Geist, der sich ihrer bewußt wird. Infolgedessen glaubte Kant, die wissenschaftliche Vorstellung von einer linearen Zeit sei die automatische Folge der Tatsache, daß wir vernunftbegabte Wesen sind. Doch wir haben bereits gesehen, daß diese Vorstellung ausdrücklich erst im siebzehnten Jahrhundert formuliert wurde und daß frühere Zivilisationen andere Zeitbegriffe hatten. Kants Schluß kann deshalb, historisch gesehen, nicht richtig sein.

Gegen Ende des letzten Jahrhunderts wurde gezeigt, daß Kants Zeittheorie, vom psychologischen Standpunkt aus betrachtet, ebenso unbefriedigend war. In einem berühmten Aufsatz über die Entwicklung unseres Zeitbegriffs erklärte der französische Psychologe Guyau, daß die Zeit nicht als

erste Voraussetzung, sondern, als Folge unserer Welt-
erfahrung, als Ergebnis einer langen Evolution betrachtet
werden müsse. Guyau vertrat die Ansicht, daß in einer Periode primitiver geistiger Verworrenheit die Aufeinanderfolge von Gedanken im Geist nicht automatisch zu der Auffassung führe, daß sie einander folgten. Er wies Herbert
Spencers naive These zurück, daß sich die Zeitvorstellung
von einem primitiven Bewußtsein der zeitlichen Aufeinanderfolge herleite, und behauptete, daß der primitive Mensch
keinen klaren Begriff für Gleichzeitigkeit oder Aufeinanderfolge besitze. Er nahm an, daß die Idee der Zeit überhaupt
erst auftauchte, als sich der Mensch seiner Reaktionen auf
Lust und Schmerz und der Aufeinanderfolge der Muskel-
empfindungen bewußt wurde, die mit diesen Reaktionen verbunden sind. Guyau meinte, daß zwar die Raumbegriffe
des Menschen vielleicht schon entstanden, als er sich seiner
Bewegungen bewußt wurde und über sie nachdachte, daß
aber die Zeitbegriffe auf die Gefühle von Anstrengung und
Ermüdung zurückgeführt werden müßten, die mit diesen Bewegungen zusammenhängen.

Guyau erklärte, daß der menschliche Geist die Fähigkeit
besitzt (die Tieren anscheinend fehlt), die Vorstellung von
der Zeit aus der Erkenntnis oder dem Bewußtsein gewisser
Merkmale zu konstruieren, die die Daten unserer Erfahrung
charakterisieren. Obwohl Kant den Ursprung dieser Fähigkeit nicht durchleuchtete, erkannte er, daß es sich um eine
Eigentümlichkeit des menschlichen Geistes handelte. In den
letzten Jahren ist deutlich geworden, daß alle geistigen
Fähigkeiten des Menschen potentielle Kapazitäten sind, die
er in der Praxis nur verwirklichen kann, wenn er lernt,
wie er sie zu benutzen hat. Denn während die Tiere besondere Modelle der sinnlichen Wahrnehmung erben — »Auslöser« genannt, weil sie spezifische Aktionstypen in Gang

setzen —, muß der Mensch lernen, all seine Bewußtwerdungs-modelle nach der eigenen Erfahrung zu konstruieren. Nach Kant funktionieren unsere Vorstellungen von Raum und Zeit, als ob sie Auslöser wären. Man sollte sie jedoch viel-mehr als eine geistige Vorrichtung betrachten, die wir für uns selbst zu bauen lernen müssen.

Viele Jahre lang hat man sich bemüht, die physischen und psychischen Grundlagen unseres Zeitbewußtseins zu erhel-len. Traditionellerweise nehmen wir an, daß unser Körper mit den drei physikalischen Sinnen Sehen, Hören und Tasten und den beiden chemikalischen Sinnen Schmecken und Rie-chen ausgerüstet ist. Besitzen wir aber nicht auch einen Sinn für die unmittelbare Zeitwahrnehmung? Auf diese Frage sind die verschiedenartigsten Antworten gegeben worden. Beispielsweise behauptete der österreichische Physiker und Wissenschaftsphilosoph Ernst Mach im Jahre 1865, daß wir eine spezifische Zeitempfindung besitzen, verbunden mit der »Arbeit der Aufmerksamkeit«, wie er es nannte — d. h. mit der Anstrengung, die wir leisten, wenn wir unsere Aufmerk-samkeit auf eine Sache nach der anderen konzentrieren. Ein Vierteljahrhundert später behauptete Guyau, daß diese Empfindung, falls sie vorhanden ist, verschwommen, un-regelmäßig und Fehlern außerordentlich stark unterworfen sei, doch der französische Psychologe Pierre Janet, der 1928 darüber schrieb, wies die Vorstellung, daß wir einen spezi-fischen Zeitsinn hätten, zurück. In der jüngsten Zeit hat ein anderer hervorragender Pariser Psychologe, Paul Fraisse, Janet kritisiert: er sei zu weit gegangen. Seiner Ansicht nach habe Janet, wenn er auch mit seiner Behauptung, daß unsere Empfindungen der Dauer Reaktionen auf die Natur unserer Aktionen seien, recht habe, übersehen, daß manche unserer Aktionen — etwa die Synchronisierung unserer Bewegungen auf periodische Reize, wenn wir tanzen — unmittelbare Anpassungen an die Zeit seien.

Das Problem gab bereits Robert Hooke im siebzehnten Jahrhundert zu denken. Er schrieb:

Ich möchte wohl wissen, durch welchen Sinn wir über die Zeit informiert werden; denn alle Informationen, die wir von den Sinnen erhalten, sind flüchtig und dauern nur so lange an wie die Eindrücke, die von den Objekten hervorgerufen werden. Deshalb fehlt noch ein Sinn, um die Zeit wahrzunehmen; denn wir haben einen solchen Begriff; und dennoch kann uns keiner unserer Sinne, noch alle gemeinsam, diesen Begriff liefern, und doch begreifen wir die Zeit als Quantität . . .

In Anbetracht dessen meine ich, daß wir unbedingt ein anderes Organ als vorhanden annehmen müssen, das die von der Zeit hervorgerufenen Eindrücke aufnimmt. Und dies kann, wie ich meine, kein anderes sein als das, das wir im allgemeinen Erinnerung nennen. Diese Erinnerung ist, wie ich annehme, ebenso ein Organ wie das Ohr, das Auge oder die Nase und hat ihren Platz irgendwo in der Nähe der Stelle, wo die Nerven von den anderen Sinnen zusammenlaufen und sich treffen.

Hooke behauptete, daß sich das, was er »die Seele« nannte und was wir heute den Geist nennen würden, ebensowenig ohne das Organ der Erinnerung erinnern könnte, wie sie ohne das Organ des Sehens sehen kann. Denn die Seele vermag ihren Willen nur mit Hilfe körperlicher Organe auszuüben. Er sah in der Erinnerung einen Speicher für Ideen, die zum Teil von den Sinnen geliefert werden, jedoch der »leitenden Kraft der Seele«, wie er es nannte, unterworfen sind. Dieses Handeln der Seele ist, wie er sagte, das, »was gemeinhin Aufmerksamkeit genannt wird«. Er nahm an, daß in der Tätigkeit der Aufmerksamkeit die Seele unmittelbar gewisse materielle Teile des Organs der Erinnerung manipuliere. »Die Seele«, schrieb er, »versteht deshalb die Zeit ausschließlich durch das Organ der Erinnerung oder wird durch dieses Organ empfindlich für die Zeit.«

Der Mechanismus des Gedächtnisses — der »Erinnerung« — ist noch heute eins der größten ungelösten Probleme der Wissenschaft von der Zeit. Zwei berühmte Hypothesen — die Prototypen zweier verschiedener Arten, das Gedächtnis zu erklären, die sich bis in die Gegenwart erhalten haben — finden sich in Platos Dialog *Theaitetos,* wo das Problem untersucht wird, wie wir aus unseren Sinneserfahrungen Wissen ableiten können. Platos Lösung ist die Theorie der *Anamnesis:* daß Wissen erworben wird, indem sich die Seele in diesem Leben ewiger Wirklichkeiten und Wahrheiten erinnert, die vor ihrer Erfahrung der äußeren materiellen Welt liegen. Im Verlauf dieser Diskussion wurde Plato natürlich gezwungen, die Natur des Gedächtnisses zu durchdenken.

Zuerst vergleicht er den Geist mit einem Wachsblock und erklärt, daß Erinnerungen Eindrücke sind, die darin abgedrückt werden. Er weist jedoch bald auf die Unzulänglichkeit dieses Vergleiches hin und erklärt, daß sich damit Urteilsfehler nicht erklären lassen — etwa wenn wir einen Fremden sehen, uns jedoch vorstellen, es sei jemand, den wir kennen, d. h. einer, dessen wir uns erinnern können. Deshalb wendet sich Plato einer passenderen Vorstellung zu und vergleicht das Gedächtnis mit einem Vogelhaus. Dieses schöne Gleichnis befähigt ihn, zu erklären, wie das Abbild von irgend etwas im Gedächtnis registriert werden kann, ohne daß wir es bewußt wahrnehmen. Er läßt die Dialoggestalt Sokrates sagen:

Wie wir also in dem Vorigen, ich weiß nicht mehr, was für ein wächsernes Machwerk in der Seele bereiteten, so laß uns jetzt in jeder Seele einen Taubenschlag von mancherlei Vögeln anlegen, einige, die sich in Herden zusammenhalten und von andern absondern, andere, die nur zu wenigen, noch andere, welche einzeln unter allen, wie es kommt, umherfliegen. In der Kindheit, muß man sagen, sei dieses Behältnis leer, und statt der Vögel muß man sich Erkenntnisse denken. Welche Erkenntnisse nun einer in Besitz genommen und in seinen Schlag eingesperrt hat, von denen sagt man, er habe die Sache, deren Erkenntnis dies war, gelernt oder gefunden, und dies sei eben das Wissen.

Sokrates fährt fort:

Daß er aber, welche von diesen Erkenntnissen er will, jagt und greift und wieder losläßt ... Ebenso auch kann jemand dieses nämliche, wovon er durch Lernen schon seit langer Zeit Erkenntnis hatte und es wußte, doch sich vergegenwärtigen, indem er dieselbe Erkenntnis einer Sache wieder aufnimmt und festhält, welche er zwar schon lange besaß, sie aber nicht bei der Hand hatte in Gedanken.

Die in diesem Dialog von Sokrates dem Theaitetos vorgetragenen Vergleiche sind selbst wieder Vergleiche für die moderne Unterscheidung zwischen der Vorstellung von einem passiven Gedächtnismechanismus und mehr dynamischen Erklärungen dafür, wie Erinnerungen gespeichert und wieder erinnert werden. Sir Frederic Bartlett zeigte in seinem vor etwa vierzig Jahren veröffentlichten Buch *Remembering* (Erinnern) als erster an konkreten Beispielen, daß sowohl das unbewußte Aufbewahren von Erinnerungen als auch das bewußte Abrufen von dynamischen Faktoren abhängt — d. h., um zu den sokratischen Vergleichen zurückzukehren: daß unser Gedächtnismechanismus eher einem Vogelhaus als einer Wachstafel ähnelt. Bartlett zeigte, daß »Langzeit«-Erinnerung nicht einfach die Erneuerung zahlloser festgelegter Gleise ist, sondern im wesentlichen eine phantasievolle Rekonstruktion, die von unserer Stimmung zur Zeit der Erinnerung abhängig ist und nur wenige auffallende Einzelheiten aufweist, die tatsächlich erinnert werden. So geschieht es auch oft, wenn wir eine Geschichte wiederholen, die wir gehört oder gelesen haben. Nun ist es eine ganz allgemeine Beobachtung, daß wir uns wohl am besten jener Gedanken erinnern, die mit unseren besonderen Interessen in Verbindung stehen. So hat ein Mann vielleicht ein phänomenales Wissen auf dem Gebiet der Statistik im Hinblick auf bestimmte Sportarten und Spiele. Das liegt daran, daß er sich geistig ständig mit diesen Dingen beschäftigt, so daß sie für ihn nicht nur eine Menge zusammenhangloser Tatsachen sind, sondern ein Begriffssystem voller Bezüge untereinander, wobei jede einzelne Tatsache durch die gemeinsame Suggestivkraft der ganzen Masse erinnert wird.

Die Bedeutung der Assoziationen und der Anordnung unserer individuellen Gedächtniselemente ist überaus groß. Wenn wir uns eines vergangenen Ereignisses erinnern, bei dem Assoziationen oder der Rahmen völlig fehlen, fällt es uns sehr schwer, zu entscheiden, ob es sich um einen Akt unserer Erinnerung oder unserer Phantasie handelt. Wenn wir uns auf der anderen Seite einer nur fiktiven Geschichte immer wieder erinnern und uns ständig auf sie beziehen, können wir am Ende wirklich zu der Überzeugung gelangen, daß es sich um eine echte Gedächtnisleistung handelt — wie es

George IV. erging, der im späteren Leben tatsächlich glaubte, er habe an der Schlacht von Waterloo teilgenommen und einen Kavallerieangriff geführt.

Im Alter stehen die deutlichen Kindheitserinnerungen oft in einem schmerzlichen Widerspruch zu der Unfähigkeit, sich dessen zu entsinnen, was vor fünf Minuten geschehen ist. Doch sogar Ereignisse, von denen wir nie annehmen würden, daß wir sie vergessen könnten, entfallen uns in späteren Jahren. Gegen Ende seines Lebens fand der berühmte schwedische Botaniker Linné großes Vergnügen daran, seine eigenen Bücher zu lesen, und pflegte auszurufen: »Wie schön! Was würde ich darum geben, das hier geschrieben zu haben!«

Der Nutzen des Gedächtnisses ist so offenkundig, daß wir dazu neigen, das Vergessen für einen Mangel zu halten. Trotzdem ist unsere Fähigkeit, zu vergessen, so ärgerlich sie auch häufig sein mag, nicht weniger wertvoll als unsere Fähigkeit, uns etwas zu merken. Denn unser Geist bewahrt unterhalb der Bewußtseinsschwelle eine riesige Masse von Erinnerungen auf, die wir normalerweise niemals abrufen und die wir auch niemals abzurufen brauchen, und es ist sogar möglich — wenn auch die Beweise dafür nicht schlüssig sind —, daß wir tatsächlich alles speichern, worauf wir jemals unsere Aufmerksamkeit gelenkt haben. Das wurde schon lange, bevor wissenschaftliche Beweise gefunden waren, vermutet. So schrieb z. B. Diderot:

Ich habe Anlaß zu glauben, daß alles, was wir gesehen, erfahren, wahrgenommen, gehört haben — selbst die Bäume in einem tiefen Wald —, nein, sogar die Anordnung der Zweige, die Form der Blätter und die Vielfalt der Farben, die grünen Töne und das Licht; das Aussehen der Sandkörner am Rand der See, die Ungleichförmigkeit der Wellenkronen, ob von einer leichten Brise bewegt oder vom Sturm zu Schaum gepeitscht; die Vielfalt menschlicher Stimmen, tierischer Schreie und physikalischer Laute, die Melodie und Harmonie aller Lieder, aller Musikstücke, aller Konzerte, denen wir gelauscht haben, daß dies alles, ohne daß wir es wissen, in unserem Innern existiert. Hellwach sehe ich noch einmal alle Wälder von Westfalen, Preußen, Sachsen und Polen. Ich sehe sie wieder im Traum, so bunt gefärbt, wie sie auf einem Gemälde von Vernet sein würden. Der Schlaf hat mich zu Konzerten zurückgeführt, die so frisch vorgetragen wurden wie damals, als ich ihnen beiwohnte. Dramatische Aufführungen, komische wie tragische, kommen nach dreißig Jahren zu mir zurück; die gleichen Schauspieler, das gleiche Publikum . . .

Über ein Jahrhundert nach Diderot entwickelten Bergson und Freud Theorien des Gedächtnisses. Trotz unterschiedlicher Meinungen stimmten beide darin überein, daß *alles* Vergessen auf das Versagen unserer Fähigkeit, wachzurufen, nicht aber auf das des Aufbewahrens zurückzuführen ist. Mit anderen Worten: das Vergessen betrifft lediglich den bewußten Geist. Unterhalb der Bewußtseinsschwelle werden alle Erinnerungen aufbewahrt.
Diese Schlußfolgerung wird durch die Hypnose und durch Versuche bei der Hirnchirurgie bestätigt. Die schlüssigsten Beweise stammen von dem kanadischen Hirnchirurgen Wilder Penfield. Bei Operationen von Patienten mit Herdepilepsien fand er, daß die Anlegung einer stimulierenden Elektrode an die Cortex der Schläfenlappen in diesen Patienten spezifische Erinnerungen an frühere Erlebnisse hervorruft. Diese »Rückblenden« *(flashbacks),* wie sie genannt werden, beziehen sich gewöhnlich auf überaus unwichtige

Vorfälle, deren sich die Patienten freiwillig niemals erinnern würden. Die jeweils hervorgelockten Erlebniserinnerungen hängen vermutlich vom Zufall ab, doch bei einer späteren Reizung wird meist derselbe »Zeitstreifen« reaktiviert. Penfield hat erklärt, daß diese unfreiwilligen Rückblenden keine Beispiele für Erinnerung sind in dem Sinne, wie wir den Begriff gewöhnlich verstehen, aber doch eng damit verwandt. Niemand kann durch bewußtes Bemühen diesen Reichtum an Einzelheiten wiederherstellen, den die Rückblende ans Licht befördert. Man kann ein Lied vollendet lernen, aber selten kann man sich in allen Einzelheiten der vielen Male erinnern, die man es hörte. Die meisten Dinge, deren wir uns erinnern, sind Verallgemeinerungen und Zusammenfassungen. Patienten erklären, daß das von der Elektrode wieder hervorgerufene Erlebnis sehr viel realer sei als die gewöhnliche Erinnerung und mehr so wirke, als ob man diesen Abschnitt der Vergangenheit noch einmal durchlebte. Die Elektrode aktiviert all die Dinge, denen der Patient in dem betreffenden Abschnitt der Vergangenheit zufällig Aufmerksamkeit geschenkt hat. Doch trotz dieser Verdopplung des Bewußtseins bleibt sich der Patient der gegenwärtigen Situation völlig bewußt. Er schreit oft sogar erstaunt auf, weil er Freunde sieht und hört, von denen er weiß, daß sie in Wirklichkeit weit entfernt oder schon tot sind.

Diese Entdeckung der Rückblenden veranlaßte Penfield zunächst zu der Behauptung, daß damit die mehr oder weniger genaue Lage der Gedächtnisgleise gefunden sei. Doch bald fanden sich Kritiker, die erklärten, daß Erinnerungen nicht unbedingt in den Teilen des Gehirns gespeichert sein müßten, wo man sie ans Licht befördern kann. K. S. Lashley fand heraus, daß größere Hirnrinden-Exzisionen bei Tieren wie Affen und Ratten sich auf die durch Lernprozesse erworbenen Erinnerungen oft nicht schädigend auswirkten. Lashley schloß daraus, daß Erinnerungen nicht von *lokalisierten* Engrammen — oder Gedächtnisgleisen — abhängig sind, sondern von Faktoren, die die Rinde oder eine bestimmte Region im ganzen beeinflussen.

Wenn wir auch Lashleys allgemeine Schlußfolgerung akzeptieren können, daß Langzeit-Gedächtnisgleise in der Rinde nicht genau lokalisierbar sind, so ist es doch schwer, sich mit seiner spezifischen Hypothese abzufinden, daß diese Engramme mehr oder weniger stabile Resonanzmuster elektro-chemischer Schwingungen von Nervenzellen in verhältnismäßig großen Gebieten seien. Denn es ist nicht leicht, diese Vorstellung mit der bekannten Tatsache in Übereinstimmung zu bringen, daß es zwar nach einem schweren Schock gewöhnlich keine Erinnerung an unmittelbar vorausgegangene Ereignisse gibt, daß aber Langzeit-Erinnerungen bemerkenswert dauerhaft sind und häufig sogar nach epileptischen Anfällen erhalten bleiben, die das Gehirn in eine krampfhafte elektrische Aktivität versetzen. Außerdem bleiben bei Tieren erlernte Verhaltensmuster selbst über den Winterschlaf hinaus bestehen, wo praktisch keinerlei elektrische Aktivität im Gehirn stattfindet.

Es liegt einiges physiologisches Beweismaterial dafür vor, daß Langzeit- und Kurzzeit-Erinnerungen verschiedenartig gespeichert werden; Kurzzeit-Erinnerungen sind wahrscheinlich im Hippocampus, zwei länglichen Vorsprüngen unter der Hirnrinde, Langzeit-Erinnerungen nach Ansicht vieler Neurophysiologen in der Rinde selbst gespeichert. Überdies können Kurzzeit- oder unmittelbare Erinnerungen von der Dauer weniger Sekunden vielleicht mit elektrischen Impulsen in Verbindung gebracht werden, die in geschlossenen Gruppen von Nervenzellen zirkulieren. Daß es nicht gelang, Langzeit-Erinnerungen auf diese Weise als elektrische

Verbindungen *zwischen* Zellen zu erklären, hat dazu geführt, daß sich die Suche nun auf chemische Prozesse *innerhalb* der Zellen oder innerhalb der Verbindungen unter den Zellen konzentriert.

Die erregendsten Experimente, die gemacht wurden, um die chemische Gedächtnistheorie zu untersuchen, sind »Übertragungs«-Versuche mit Planarien oder Strudelwürmern. Diese primitiven Geschöpfe, nur einen guten Zentimeter lang, sind imstande, einen bedingten Reflex der Art zu lernen, wie er von Pawlow an Hunden studiert wurde. Doch anders als Hunde regenerieren sie sich, wenn man sie in der Mitte durchschneidet: dem Kopfende wächst ein neuer Schwanzteil, dem Schwanzende ein neuer Kopfteil. Normalerweise reagiert ein Strudelwurm auf Licht, indem er darauf zustrebt. Wenn er aber einen elektrischen Schlag erhält, krümmt er sich. Erhält er Licht und Schlag gleichzeitig, reagiert er auf den Schlag und kann schließlich darauf trainiert werden, sich zu krümmen, wenn nur das Licht eingeschaltet wird. Wenn ein Strudelwurm, der diesen bedingten Reflex gelernt hat, in der Mitte durchgeschnitten wird, erinnert sich nicht nur der neue Wurm, der sich aus dem alten Kopfteil regeneriert hat, daß er gelernt hat, sich bei Licht zusammenzukrümmen, sondern es wird behauptet, daß sich auch der Wurm mit dem neuen Kopf, der aus dem alten Schwanzteil entstanden ist, dessen erinnert. Deshalb hat man angenommen, daß irgendein chemisches Erinnerungsgleis durch das primitive Nervensystem dieser Geschöpfe wandert.

Eine noch erstaunlichere Behauptung, die vor wenigen Jahren in den Vereinigten Staaten aufgestellt wurde, besagt, daß, wenn man die ausgebildeten Strudelwürmer zerhackt und an untrainierte verfüttert, letztere das gelernte Verhalten mit diesem Futter absorbieren. Vielleicht ist es ganz gut, daß Menschen auf diese kannibalistische Weise nichts lernen können! Denn im Gegensatz zu Strudelwürmern können wir Menschen die Riesenmoleküle nicht absorbieren, die, wie man annimmt, als chemische Boten fungieren, ohne daß diese Moleküle erst in ihre Bestandteile zerlegt worden sind.

Doch keines dieser Experimente hat bisher den unumstößlichen Beweis dafür erbracht, daß wirklich *Gedächtnis*, und nicht nur irgendeine Substanz, die den Lernprozeß beschleunigt, von einem Tier auf das andere übertragen worden ist. Aber in jedem Fall ist es ein weiter Weg von der einfachen Art bedingter Reflexe, die diese Strudelwürmer lernen können, bis zu dem langfristigen Merken spezifischer Ereignisse, das das menschliche Gedächtnis charakterisiert. Der menschliche Geist speichert nicht nur eine ungeheure Masse von Einzelheiten, sondern kann außerdem eine Folge vergangener Ereignisse in chronologischer Ordnung reproduzieren, wie es sich bei den Rückblenden im Rahmen der Operationen Penfields gezeigt hat. Wenn vielleicht auch automatische und bedingte Reflexe chemisch oder mechanisch erhalten und unmittelbare Erinnerungen durch Prozesse, ähnlich denen in großen elektronischen Computern, bewahrt werden, so bleibt das Problem des Mechanismus des menschlichen Langzeit-Gedächtnisses doch noch ungelöst.

Wie wir in Kapitel 1 sahen, haben wir Grund zu der Annahme, daß alle Lebewesen außer dem Menschen in einer ständigen Gegenwart leben. Das Gedächtnis ist lange als notwendiges Element unseres Gefühls der persönlichen Identität betrachtet worden. Es ist das Mittel, durch das der Bericht über unsere Vergangenheit in uns am Leben bleibt, und die Grundlage unseres Ich-Bewußtseins. Wenn jedoch unsere gesamte Wahrnehmung in der Vergangenheit — oder ein großer Teil davon — unbewußt in uns erhalten bleibt, weshalb können wir uns dann nicht eines einzigen Ereignisses aus der frühen Kindheit erinnern? Die überzeugendste Antwort auf diese Frage lautet: Das Vergessen der Kindheit hat seinen Grund in der erst später vor sich gehenden Entwicklung des begrifflichen und regulären geistigen Apparates, den wir als Mittel, uns der Vergangenheit zu erinnern, zu konstruieren lernen.

Im Gegensatz zu den Tieren hat der Mensch nicht nur einen Sinn für die Vergangenheit, sondern auch einen solchen für die Zukunft. Und Guyau behauptete in seinem Aufsatz über den Ursprung unserer Zeitvorstellung, daß die ursprüngliche Quelle dieser Vorstellung eine Ansammlung von Empfindungen sei, die eine auf die Zukunft gerichtete Perspektive hervorbringe. Diese Hypothese wird von Anthropologen durch die gängige These gestützt, daß die ursprüngliche Entwicklung der Vorderstirnlappen unseres Gehirns vielleicht eng mit der Zunahme unserer Fähigkeiten, uns auf künftige Ereignisse zu beziehen, in Verbindung stehe. Denn wenn der Neandertal-Mensch vielleicht auch schon ein gewisses rudimentäres Interesse an der Zukunft gezeigt hat, da er seine Toten beerdigt zu haben scheint, so bringt man doch erst den *Homo sapiens* mit der stark angestiegenen Tendenz, vorauszuschauen, in Beziehung — der Hauptbeweis ist das plötzliche Entstehen von Werkzeugen, die, anders als die primitiven Neandertal-Faustkeile, benutzt wurden, um eine Vielfalt anderer Werkzeuge herzustellen, etwa Harpunen mit Widerhaken, Angelhaken und Nadeln mit Öhr für den künftigen Gebrauch. Übrigens leben Patienten, deren Vorderstirnlappen operativ entfernt worden sind, häufig nur in der Gegenwart.

Es gibt keinerlei Beweise dafür, daß Tiere mehr Sinn für die Zukunft besitzen als für die Vergangenheit. Hier könnte am ehesten der Schimpanse eine Ausnahme bilden. Das Problem, ob Schimpansen irgendein Bewußtsein der Zukunft haben, ist sehr sorgfältig von Wolfgang Köhler studiert worden. In seinem Buch *Intelligenzprüfungen an Menschenaffen* gelangte er zu dem Schluß, daß das Verhalten der Schimpansen, wenn es auch einige Anzeichen für Gedanken an die Zukunft aufzuweisen schien, doch sehr gut auf andere Weise erklärt werden kann. Beispielsweise meinte Köhler, daß Experimente, bei denen Schimpansen bereitwillig auf die ihnen gegebene Gelegenheit reagierten, das Fressen zu verschieben, bis sie einen Futtervorrat zusammengetragen hatten, den sie später in einer ruhigen Ecke, ungestört von ihren gierigen Gefährten, verspeisten, eher Furcht vor der Konkurrenz der anderen verraten als irgendwelche Vorsorge für die Zukunft.

Es scheint also so zu sein, daß sich der Mensch von allen anderen Lebewesen durch seinen Sinn für die Vergangenheit und die Zukunft unterscheidet — d. h. durch sein Bewußtsein der Zeit. Wie die anderen geistigen Fähigkeiten müssen wir unsere Wahrnehmung der Zeit nicht einfach als eine Frage der Sinnesreaktion, wie Geschmack oder Geruch, sondern als eine potentielle Fähigkeit betrachten, die wir in der Praxis nur verwirklichen können, indem wir lernen, sie auf der Grundlage unserer eigenen Erfahrungen zu entwickeln. Unsere Wahrnehmung der Veränderung und damit der zeitlichen Aufeinanderfolge bedingt Akte der geistigen Organisation. Wir können Veränderungen zwar mit allen Sinnen wahrnehmen, aber diese sind im Hinblick auf die Wahrnehmung der Zeit nicht gleichwertig — unser empfindlichstes Organ für zeitliche Unterscheidung ist das Ohr. Die kürzeste eben noch wahrnehmbare Dauer für den Gesichtssinn beträgt etwa zwei hundertstel Sekunden — das Prinzip der Filmkamera beruht darauf, daß Bilder miteinander verschmelzen, wenn sie etwa in diesem Tempo gezeigt werden.

Doch die untere Grenze für die *bewußte* Hörerfahrung liegt bei etwa zwei tausendstel Sekunden. Und was die *unbewußte* Unterscheidung durch das Gehör betrifft, so sind unsere Fähigkeiten erstaunlich. Man hat experimentell festgestellt, daß wir Laute nach dem Zeitunterschied lokalisieren, mit dem sie unsere beiden Ohren erreichen. Wenn der Laut innerhalb weniger Grade von jener Ebene entfernt erzeugt wird, die den Kopf in eine linke und eine rechte Hälfte teilt, dann kann dieser Zeitunterschied möglicherweise nur eine vierzigstel Millisekunde ausmachen. Und dennoch ermöglicht dieser winzige Zeitunterschied noch eine genaue Lokalisierung.

Unser Bewußtsein der Aufeinanderfolge von Ereignissen hängt von dem Sinn ab, mit dem wir sie wahrnehmen. Es fällt uns schwer, eine Empfindung der einen Art (sagen wir der visuellen) zwischen zweien einer anderen Art (sagen wir gehörmäßigen) einzuordnen, wenn letztere zu rasch aufeinanderfolgen. Wenn wir jedoch eine unmittelbare Wahrnehmung der Zeit selbst hätten, dann wäre die Natur der jeweiligen Empfindungen, die die entsprechenden Intervalle bestimmen, nicht von besonderer Bedeutung. Es ist also nicht die Zeit selbst, sondern das, was in der Zeit vor sich geht, was Wirkungen hervorruft. Die Zeit ist keine einfache Empfindung, sondern hängt von Prozessen der geistigen Ordnung ab, die Denken und Handeln vereinigt.

Die Untersuchung einer bizarren Form des Vergessens, die nach dem ersten Psychiater, der im Jahr 1890 einen eingehenden klinischen Bericht darüber abgegeben hat, als Korsakoffscher Symptomenkomplex bezeichnet wird, hat die Natur der geistigen Tätigkeit durchleuchtet, die an unserer Konstruktion eines Zeit-»Sinnes« beteiligt ist. Bei dieser Krankheit wirkt der Patient völlig normal, scheint auch die übliche Wahrnehmungsfähigkeit zu besitzen, spricht jedoch selten oder nie über die Gegenwart und die unmittelbare Vergangenheit. Er behält häufig ein gutes Gedächtnis für weit zurückliegende Ereignisse, erinnert sich aber, wenn er gefragt wird, kaum der Ereignisse aus der näheren Vergangenheit. Dr. George Talland vom Allgemeinen Krankenhaus Massachusetts hat in seinem Buch *Deranged Memory* (Gestörtes Gedächtnis) eine am Korsakoff-Syndrom leidende Kranke beschrieben, die er Helen nennt.

Nach mehrjährigem Aufenthalt im Krankenhaus behauptete Helen ständig, erst am Tag zuvor aufgenommen worden zu sein. Sie stellte sich vor als eine wohlhabende Dame, die in einem der besseren Wohnhotels der Stadt lebe, in das sie noch am gleichen Tag zurückkehren werde. Obwohl das früher einmal ihre Lebensweise gewesen war, schien ihr überhaupt nicht zu Bewußtsein gekommen zu sein, daß jenes überaus angenehme Leben seit langem vorbei war. »Man möchte annehmen«, schreibt Dr. Talland, »daß eine so kunstvolle Fassade wie die ihre ohne ungeheure Anstrengungen gar nicht aufrechtzuerhalten ist und etwas wie strengsten geistigen Drill erfordert, denn nicht ein einziges Mal verriet sie, daß sie an irgend etwas von dem, was sie vorgab, nicht geglaubt hätte. Helen war unsere einzige Korsakoff-Patientin, die auf Hypnose reagierte, doch wiederholte Versuche mit diesem Verfahren brachten absolut kein neues Erinnerungsmaterial zutage, und Helen gab auch nicht zu, daß sie sich ihres Zustands bewußt war.«

Wie lassen sich solche Krankheiten erklären? Es sind verschiedene Interpretationen dieses Symptomenkomplexes vorgetragen worden — etwa als Störung der zeitgerechten Registrierung von Erinnerungen und als Unfähigkeit, den Ablauf der Zeit zu verstehen. Korsakoff-Patienten registrieren jedoch Ereignisse, können sie aber nicht in eine Beziehung zu folgenden, für diese Ereignisse wichtigen Informationen bringen. Sie neigen dazu, lange Zeitabschnitte hindurch absolut gar nichts zu tun, und es ist bekannt, daß der zeitliche Abstand eines vergangenen Ereignisses leicht unterschätzt wird, wenn der dazwischenliegende Zeitraum überwiegend leer ist. Der zeitliche Bezugsrahmen wird verzerrt — und damit auch das Ich-Bewußtsein des Betroffenen. Das Ich-Bewußtsein gründet sich auf unsere Erinnerungen an Erlebnisse in der objektiven Zeit, die vom Geist zu irgendeiner Art von begrifflichem Gebäude geordnet worden sind. Korsakoff-Kranke können ihre gegenwärtigen Erfahrungen nicht in Beziehung zu diesem Gebäude bringen.

Ein ähnlicher Mangel zeigt sich in der Erscheinung des *Déja vu*. Das ist jene Falsch-Erinnerung, die unsere Wahrnehmung der Gegenwart gelegentlich so prägt, daß wir das unheimliche Gefühl haben, wir hätten bereits vor langer Zeit erlebt, was sich im Augenblick ereignet. Eine gute Beschreibung des *Déja vu* gibt Dickens in *David Copperfield*. Im 39. Kapitel schreibt er: »Wir alle kennen dieses Gefühl, das gelegentlich über uns kommt: das, was wir sagen und tun, sei schon vorher, in ferner Zeit, gesagt und getan worden — wir seien vor langer, unbestimmter Zeit von den gleichen Gesichtern, Gegenständen und Verhältnissen umgeben gewesen — wir wüßten ganz genau, was als nächstes gesagt wird, als ob wir uns dessen plötzlich erinnerten!« Diese Art von Erfahrungen dürfte eine der psychologischen Quellen für die Metempsychose, die Seelenwanderung, in der Antike gewesen sein, von der bei den Pythagoreern und anderen die Rede ist. Nach Ansicht mancher Neurologen ist der Teil des Gehirns, der am *Déja vu* beteiligt ist, wahrscheinlich der Hippocampus (das Ammonshorn). Doch wie das auch sein mag, es ist festgestellt worden, daß Menschen, denen dieser Hirnteil operativ entfernt wurde, die Vorfälle des täglichen Lebens häufig ebenso rasch vergessen, wie sie auftreten, obwohl sie sich vieler Erlebnisse aus ihrer Kindheit deutlich erinnern. Es könnte also durchaus sein, daß eine Verletzung in diesem Gebiet des Gehirns zum Korsakoffschen Symptomenkomplex führt.

Wir haben bereits gesehen, daß man heute annimmt, unser Zeitsinn sei ein Produkt der menschlichen Evolution, und daß unsere Wahrnehmung zeitlicher Erscheinungen nicht als ein rein automatischer Prozeß betrachtet wird, wie Kant meinte, sondern als eine vielschichtige Tätigkeit, die wir durch Lernen entwickeln. Unsere bewußte Wahrnehmung der Zeit hängt davon ab, daß unser Geist durch *aufeinanderfolgende* Akte der Aufmerksamkeit operiert. Denn anscheinend können wir nicht zwei gleichzeitigen Ereignissen folgen und beide deutlich wahrnehmen, wenn sie nicht auf irgendeine Weise miteinander verknüpft sind. Das Problem, wie die Zeitordnung von uns auf der Grundlage aufeinanderfolgender Akte unserer Aufmerksamkeit aufgebaut wird, ist jedoch alles andere als einfach. Unsere Erinnerungen können im Hinblick auf die Ordnung der Ereignisse, wie sie wirklich aufeinander folgten, notorisch unzuverlässige Führer sein. Daß Menschen im Zustand hypnotischer Trance, wie man festgestellt hat, einen weit genaueren Zeitsinn als im normalen Zustand haben, bestätigt nicht nur das Vorhandensein von ständigen organischen Rhythmen in uns selbst, sondern weist auch darauf hin, daß beim normalen Funktionieren des Bewußtseins alle solche Rhythmen von der Flüchtigkeit äußerer Ereignisse überschattet werden.

Trotz der ständigen organischen Rhythmen in Gehirn und Körper ist unser Sinn für zeitliche Dauer oft in höchstem Maße ungenau. Das hängt davon ab, wie beschäftigt wir sind und ob wir die fragliche Zeit tatsächlich erleben oder ob wir auf sie zurückblicken. Das wird im *Zauberberg* sehr deutlich, in dem sich Thomas Mann überhaupt viel mit dem Zeitsinn beschäftigt:

Man glaubt im ganzen, daß Interessantheit und Neuheit des Gehaltes die Zeit »vertreibe«, das heißt: verkürze, während Monotonie und Leere ihren Gang beschwere und hemme. Das ist nicht unbedingt zutreffend. Leere und Monotonie mögen zwar den Augenblick und die Stunde dehnen und »langweilig« machen, aber die großen und größten Zeitmassen verkürzen und verflüchtigen sie sogar bis zur Nichtigkeit. Umgekehrt ist ein reicher und interessanter Gehalt wohl imstande, die Stunde und selbst noch den Tag zu verkürzen und zu beschwingen, ins Große gerechnet jedoch verleiht er dem Zeitgange Breite, Gewicht und Solidität, so daß ereignisreiche Jahre viel langsamer vergehen als jene armen, leeren, leichten, die der Wind vor sich her bläst und die verfliegen.

Der Sinn für zeitliche Dauer hängt auch von unserem Alter ab, denn unsere organischen Prozesse verlangsamen sich, wenn wir älter werden, so daß im Vergleich mit ihnen die physikalische Zeit rascher zu verlaufen scheint. Diese scheinbare Erhöhung der Geschwindigkeit der physikalischen Zeit mit zunehmendem Alter ist das Thema des Verses von Guy Pentreath:

For when I was a babe and wept and slept, Time crept;
When I was a boy and laughed and talked, Time walked;
Then when the years saw me a man, Time ran,
But as I older grew, Time flew.
(Denn als ich Säugling war und weint' und schlief, kroch die Zeit;
Als ich ein Junge war und lachte, schwatzte, wanderte die Zeit;
Dann, als die Jahre mich als Mann sahen, rannte die Zeit;
Doch als ich älter wurde, flog die Zeit.)

Unser Gefühlsleben beeinflußt ebenfalls unser Erleben der Zeit. Temperamentsunterschiede zwischen denen, die es nicht fertigbringen, mit ihren Äußerungen oder der Verwirklichung ihrer Gedanken ein wenig zu warten, und denen, die das, wenn überhaupt, nur nach langem Zögern oder Drängen seitens anderer tun, kann man als Unterschiede im Zeiterlebnis betrachten. Das bestätigt sich, wenn man den Zeitbegriff bei normalen, in den Traditionen der westlichen Zivilisation erzogenen Erwachsenen mit den völlig anderen Zeitvorstellungen vergleicht, die Völker mit anderen Kulturen haben. Heute neigen wir dazu, unsere Vorstellung vom linear fortschreitenden Charakter der Zeit als instinktiv und naturgemäß zu betrachten. Zweifellos ist diese Vorstellung tatsächlich davon beeinflußt, daß der Denkprozeß die Form der linearen Aufeinanderfolge hat. Und trotzdem ist unsere Fähigkeit, die mit den verschiedenen Sinnen in Verbindung stehenden Erfahrungen zu einer einzigen eindimensionalen Zeitordnung zusammenzufügen, ein stark verfeinertes Spätprodukt nicht nur unserer biologischen, sondern auch unserer sozialen Evolution.

KAPITEL 3

Biologische Uhren

Trotz der vielen ungelösten Probleme im Hinblick auf unsere bewußte Zeitwahrnehmung häufen sich die Beweise dafür, daß der menschliche Körper verschiedene biologische oder physiologische Uhren enthält. Beispielsweise decken manche Krankheiten Vierundzwanzig-Stunden-Rhythmen auf, die unter normalen Umständen nicht festzustellen sind. Dr. C. P. Richter aus Baltimore hat über eine bettlägerige Patientin berichtet, die nicht in der Lage war, deutlich zu sprechen, die jedoch über einen Zeitraum von neun Jahren täglich zwischen 21 und 24 Uhr eine plötzliche Persönlichkeitsveränderung durchmachte: Während dieser Zeit konnte sie gehen, für sich selbst sorgen und klar sprechen. Dr. Richter folgert daraus, daß es eine Anzahl von solchen Uhren in Kopf und Körper gibt, die normalerweise zwar nicht aufeinander abgestimmt sind, aber unter gewissen abnormen Bedingungen so auf Gleichlauf gebracht werden, daß sie klar abgegrenzte physische oder geistige Zyklen hervorrufen.
Obwohl seit langem bekannt ist, daß Tiere und Pflanzen tägliche und jahreszeitliche Rhythmen aufweisen und daß gewisse Verhaltensmuster periodisch auftreten, hat sich erst in den letzten Jahrzehnten herausgestellt, daß diese Erscheinungen von einer inneren Fähigkeit der Lebewesen abhängig sind, die Zeit zu messen.

Den Menschen befähigen solche physiologischen »Zeitmesser« häufig, trotz Fehlens äußerer Anhaltspunkte eine Zeitspanne von mehreren Stunden mit erstaunlicher Genauigkeit abzuschätzen. Das ist vor allem bei solchen Menschen der Fall, die ohne Hilfe eines Weckers zu einer bestimmten Zeit aufzuwachen vermögen. Diese »Kopfuhr«, wie sie bisweilen genannt wird, funktioniert in der Hypnose mit höchster Genauigkeit: ein posthypnotischer Befehl, eine bestimmte Handlung nach einer angegebenen Zeitspanne auszuführen, wird gewöhnlich mit bemerkenswerter Pünktlichkeit befolgt. Doch auch ohne Hypnose funktioniert diese Uhr oft sehr genau und über lange Perioden hinweg. Im Rahmen eines berühmt gewordenen Versuches wurden im Jahre 1936 zwei Personen in einem schalldichten Raum für 48 bzw. 86 Stunden eingeschlossen. Sie schätzten nachher die Zeit mit einer solchen Genauigkeit, daß bei beiden Versuchspersonen der Fehler unter einem Prozent lag. Dagegen stellte man bei zwei Männern, die im Jahr 1968/69 fast fünf Monate in verschiedenen Höhlen verbrachten, ohne irgendwelche Möglichkeit zu haben, die Zeit festzustellen, bereits nach zwei Wochen fest, daß sie den Zeitablauf stark unterschätzt hatten: das, was sie für einen Tag hielten, umfaßte vierundzwanzig bis achtundvierzig Stunden. Die Notwendigkeit irgendwelcher Anhaltspunkte für die richtige Abschätzung einer Tageslänge beweist jedoch nur, wie sich in diesem Versuch zeigte, daß unter solchen abnormen Bedingungen psychische Einflüsse schließlich die Oberhand über physiologische Faktoren gewinnen. Damit wird die Hypothese von der biologischen Uhr allerdings nicht entkräftet.

Beweise für das Vorhandensein innerer Zeitmessungsmechanismen bei Tieren und Pflanzen stammen überwiegend aus
drei verschiedenen Forschungsgebieten: dem Studium der tierischen Navigation, dem des Photoperiodismus (die zusammenfassende Bezeichnung für die Reaktionen lebender Organismen auf jahreszeitlich bedingte Veränderungen der Tages- und Nachtlänge) und dem Studium täglicher und anderer periodischer Rhythmen im Verhalten und in der Aktivität lebender Organismen.

Es ist seit langem bekannt, daß Zugvögel große Entfernungen zu bestimmten Zielorten zurücklegen und daß es selbst
ganz junge Vögel fertigbringen, ihren Weg ohne Führung
durch erwachsene Vögel zu finden. Doch erst 1949 fand
Gustav Kramer die Erklärung heraus. Er beobachtete,
daß Stare, die im Freien in einem Käfig eingesperrt
waren, zur Zugzeit durch ihr Verhalten die Richtung anzeigten, in der sie fliegen wollten. Ob sie
herumhüpften oder mit flatternden Flügeln auf einer Stange
saßen, immer wiesen ihre Köpfe in die entsprechende
Richtung. Kramer bemerkte jedoch, daß sie dies nicht taten,
wenn der Himmel völlig bedeckt war. Als er die Vögel gegen
die direkte Sonnenbestrahlung abschirmte und das Sonnenlicht nur durch Spiegel in den Käfig leitete, stellte er fest, daß
der Richtungssinn der Vögel von der scheinbaren Stellung
der Sonne abhing. Er entdeckte außerdem, daß die Vögel,
wenn sie in einem von einer künstlichen Sonne erhellten
Käfig saßen, die ihre Stellung nicht änderte, ihre Orientierung im Lauf des Tages systematisch so veränderten, daß sie
der Umdrehung der Erde entsprach. Er trainierte Stare darauf, beim Fressen zu einer bestimmten Tageszeit immer die

gleiche Kompaßrichtung einzunehmen, und testete die Vögel dann zu einer anderen Zeit. Er fand heraus, daß sie auch jetzt die erlernte Stellung einnahmen. Die Vögel fanden die Kompaßrichtung, indem sie die Sonne anvisierten und dann deren regelmäßige tägliche Bewegung berücksichtigten. Kramer entdeckte ferner, daß ein auf diese Weise trainierter Star, wenn er in einen Käfig gesperrt wurde, in dem die künstliche Beleuchtung um sechs Stunden vom natürlichen Tagesablauf abwich, sein Futter in einer Richtung suchte, die sich um neunzig Grad von der tatsächlichen Richtung unterschied. Das deutete darauf hin, daß die von diesen Vögeln benutzte physiologische Uhr, mit deren Hilfe sie ihre Richtung nach der Sonne bestimmten, von dem täglichen Hell-Dunkel-Zyklus an ihrem Aufenthaltsort in Gang gehalten wurde; deshalb war sie in diesem Fall um sechs Stunden gegen die natürliche Sonnenzeit verschoben.

Ähnliche Versuche sind seither von E. F. G. Sauer angestellt worden, und zwar mit Vögeln, die überwiegend nachts ziehen. Sauer sperrte einige Individuen ziehender Laubsänger in einen schalldichten Käfig innerhalb eines Planetariums. Obwohl die Vögel keinen Hinweis auf die Jahreszeit erhielten, begannen sie, als der Herbst kam, jede Nacht unruhig umherzuflattern, als ob sie durch eine innere Uhr unterrichtet würden, es sei nun Zeit, aufzubrechen. Als das entsprechende Sternenschema an die Decke projiziert wurde, zeigten sie ihre Zugrichtung an. Bei ihrer Richtungsfindung schien es nicht auf einzelne Sterne oder Sternbilder anzukommen, sondern auf das allgemeine Aussehen des Nachthimmels. Da die Vögel die scheinbare Drehung des Himmels während der Nacht durchaus berücksichtigten, gelangte Sauer zu dem Schluß, daß diese Laubsänger ihren Zug mit Hilfe einer physiologischen Uhr, die es ihnen erlaubt, das Aussehen des Himmels zu jeder Jahreszeit in Beziehung zur Geographie der Erde zu setzen, unternehmen. Heute nimmt man an, daß die Sterne zwar nicht für die Navigation benötigt werden, daß aber die Richtung, die bei Sonnenuntergang festgelegt wird, die Nacht hindurch mit ihrer Hilfe eingehalten wird.

Eine biologische Uhr scheint auch beim Heimatsinn der Tauben eine Rolle zu spielen. Obwohl diese Vögel schon von den alten Ägyptern, Griechen und Römern benutzt wurden, um Nachrichten zu befördern, scheint zunächst kein anderer Gebrauch von ihrem Heimfinde-Vermögen gemacht worden zu sein, bis die Flamen im Jahr 1825 Taubenrennen veranstalteten. Bei diesem Sport geht man davon aus, daß nicht alle Tauben gleich tüchtig im Heimfinden sind, nur wenige Prozent sind imstande, die Rückkehr über große Entfernungen mit hoher Geschwindigkeit zu bewerkstelligen. Versuche haben gezeigt, daß Tauben, wenn sie einem künstlichen Tages- und Nachtablauf ausgesetzt werden, der nicht im Einklang mit der Ortszeit steht, und dann in einiger Entfernung vom Schlag freigelassen werden, gewöhnlich zunächst in die falsche Richtung fliegen. Dennoch erreichen sie den Schlag schließlich doch. Es ist deshalb wahrscheinlich, daß sie topographische Einzelheiten wahrnehmen können. Andererseits müssen sie außerdem eine genaue biologische Uhr besitzen.

Zugvögel und Tauben sind nicht die einzigen Tiere, die physiologische Uhren zur Richtungsfindung haben. Der Sandhüpfer *Talitrus saltator* tut es ebenfalls. Dieser Flohkrebs bewohnt den feuchten Sand von Küstenstränden, und wenn er auf trockenem Sand abgesetzt wird, versucht er, zum Meer zurückzufliehen, wobei er sich in einer Richtung, die rechtwinklig zur Strandlinie verläuft, bewegt. Die erforderliche Richtung bestimmt der Sandhüpfer bzw. der Strandfloh mit Hilfe der Sonnenposition; dazu verläßt er sich auf eine physiologische Uhr. Das Vorhandensein einer solchen Uhr wurde experimentell festgestellt; die Versuche ähnelten denen mit Staren, wo gezeigt wurde, daß die Uhr durch eine Verschiebung des Hell-Dunkel-Zyklus verstellt werden kann.

Am raffiniertesten wenden vielleicht die Bienen den angeborenen Zeitsinn bei der Richtungsfindung an. Ihre Fähigkeit, mit Futter beladen direkt zum Stock zurückzufliegen, ist schon seit langem bekannt. In der englischen Sprache gibt es den Ausdruck *bee-line* (Bienenlinie) für eine gerade Linie zwischen zwei Orten — was im Deutschen der »Vogelfluglinie« entspricht. Ihre Fähigkeit, die Zeit zu erkennen, ist jedoch erst in diesem Jahrhundert entdeckt worden. Als erster studierte dieses Problem der Schweizer Psychiater August Forel, der die Angewohnheit hatte, morgens stets um die gleiche Zeit auf der Veranda seines Hauses zu frühstücken. Gewöhnlich kamen Bienen und holten sich kleine Mengen Marmelade. Forel beobachtete, daß die Bienen jeden Morgen zur gleichen Zeit erschienen, auch an den Tagen, an denen er nicht im Freien frühstückte. Obwohl schon vorher bekannt war, daß Bienen die Blüten nur zu den Tageszeiten besuchen, wo diese Nektar absondern, hatte sich doch noch niemand genauer mit dieser Tatsache befaßt. Erst seit dem letzten Krieg ist der Zeitsinn systematisch untersucht worden, vor allem von Karl von Frisch und seinen Kollegen an der Universität München. Dabei fanden sie heraus, daß Bienen zwar dazu gebracht werden konnten, täglich zur gleichen Zeit zu einer bestimmten Futterstelle zu kommen, jedoch nicht dazu, die gleiche Stelle zu verschiedenen Zeiten zu besuchen. Andererseits konnte man ihnen beibringen, an zwei verschiedenen Stellen zu zwei verschiedenen Zeiten — oder gar an mehreren verschiedenen Stellen zu mehreren verschiedenen Zeiten — Futter zu holen. Frisch schloß daraus, daß der Zeitsinn der Bienen nicht auf dem Erlernen von Zeitspannen beruht, sondern von einer inneren Uhr mit einer Periode von vierundzwanzig Stunden abhängt. Das bestätigte sich, als man in Europa Bienen nach der dortigen Ortszeit trainierte und sie dann mit dem Flugzeug nach Amerika brachte, wo ihr Verhalten weiter mit der europäischen Zeit übereinstimmte.

Die bemerkenswerte Fähigkeit der Bienen, sich miteinander zu verständigen, ist ebenfalls auf eine physiologische Uhr zurückzuführen. Wenn eine Kundschafterin ein Beet mit nektargefüllten Blüten findet, fliegt sie zurück zum Stock, um die anderen Bienen davon zu unterrichten. Sie führt einen Tanz vor, mit dem sie Entfernung und Richtung der Blumen angibt. Sind die Blumen in der Nähe — nicht weiter als fünfzig bis hundert Meter entfernt —, führt die Biene einen Rundtanz aus, wie Frisch es nennt. Dabei läuft sie einmal nach rechts und einmal nach links in der Runde und wiederholt diese Kreise eine halbe Minute lang oder länger mit erheblichem Tempo. Sind die Blüten jedoch weiter entfernt, sieht der Tanz völlig anders aus. Die Biene läuft eine kurze Strecke und schwänzelt dabei mit dem Hinterleib. Dann vollführt sie eine volle Wendung nach links, läuft abermals vorwärts — in der gleichen Richtung wie vorher —, wobei sie wieder mit dem Hinterleib schwänzelt, wendet sich dann nach rechts und wiederholt diese Form des Tanzes ständig. Dieser Schwänzeltanz gibt nicht nur an, daß die Nektarquelle ein ganzes Stück entfernt ist, sondern auch, wie groß die Entfernung und welches die Richtung ist.

Die Entfernung wird durch die Zahl der Runden in einer bestimmten Zeit angegeben: je kleiner die Zahl, desto größer die Entfernung. Wenn die Art, in der Entfernung und Rundenzahl miteinander verknüpft sind, auch gewisse Unterschiede von einem Stock zum anderen aufweist, so gibt es

Abbildung 2

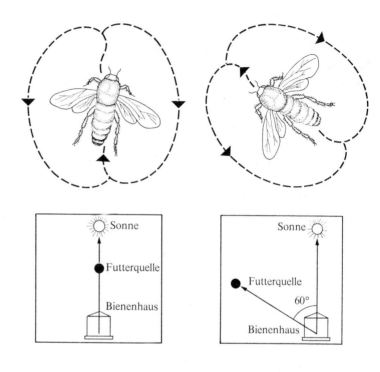

Der Tanz der Bienen. Auf der Abbildung links weist die Biene auf Blüten in einiger Entfernung hin. Die Richtung ist die gleiche wie die der Sonne: An der Wabenoberfläche senkrecht aufwärts bedeutet »auf die Sonne zu«. Wird die Richtung des Laufs nach links oder rechts verändert, so bedeutet das eine entsprechende Änderung der Richtung der Futterquelle. Die Entfernung gibt die Biene durch die Tanzgeschwindigkeit an: je schneller sie tanzt, desto näher sind die Blüten.

doch kaum Unterschiede bei den einzelnen Bienen eines Stockes. Doch die Zahl der Runden ist nicht immer ein exakter Hinweis auf die Entfernung, da auch die Windrichtung eine Rolle spielt. Gegenwind auf dem Weg zur Futterstelle hat die gleiche Wirkung wie größere Entfernung: er verlangsamt den Tanz. Rückenwind hat die umgekehrte Wirkung. Die Grundlage für die Entfernungsschätzung der Biene scheint also die Zeit, oder die Anstrengung, zu sein, die nötig ist, um die Blüten zu erreichen.

Die Richtung, in der die Blüten zu finden sind, wird von der geraden Bahn des Tanzes angegeben. Dabei wird die Sonne von der Biene als eine Art Navigationskompaß benutzt. Man hat feststellen können, daß sich die Richtung der Tänze, die sich auf die gleichen Blüten beziehen, im Lauf des Tages annähernd um den gleichen Winkel ändert wie der Stand der Sonne. Frisch und seine Kollegen waren überrascht, als sie entdeckten, daß Bienen, selbst wenn ein Teil des Himmels bewölkt und die Sonne verdeckt ist, dennoch die Richtung eines Futterplatzes im Verhältnis zur Sonne richtig anzeigen können. Man fand, daß sie dabei die Polarisierung des Lichts benutzen. Noch bemerkenswerter ist, daß Bienen, wenn man sie nachts zum Tanzen bringt, die Richtung des Platzes angeben, bei dem die Futterzeit der Zeit des Tanzes am nächsten kommt. Bei einem Experiment teilte eine Honigsucherin um 21.31 Uhr denjenigen Futterplatz im Osten mit, an dem sie jeden Tag um 18 Uhr Futter gesucht hatte, um 3.54 Uhr morgens bezeichnete sie einen Futterplatz im Süden, an dem sie jeden Morgen um 8 Uhr Honig gesammelt hatte. Weitere Versuche zeigten, daß Bienen in ihrem Gedächtnis nicht nur Futterzeiten und -orte speichern können, sondern auch den Azimut der Sonne zu jeder Tageszeit, selbst wenn sie sie mehrere Wochen lang nicht gesehen haben.

Es gibt überzeugende Anhaltspunkte dafür, daß den Bienen das Wissen vom Stand der Sonne und von dessen Veränderung nicht angeboren ist, sondern gelernt werden muß. Zu einem ähnlichen Schluß ist man bei Vögeln gekommen. K. Hoffmann nahm sechs junge Stare aus ihrem Nistkasten und zog sie so auf, daß sie die Sonne nie direkt sehen konnten. Danach wurden sie zu einer bestimmten Tageszeit mit Hilfe einer künstlichen Sonne auf Richtung trainiert. Wenn man sie dann zu anderen Zeiten prüfte, waren nur zwei imstande, die Sonnenbewegung wenigstens teilweise zu berücksichtigen, doch auch diese täuschten sich im Hinblick auf die Geschwindigkeit dieser Bewegung. Die anderen behielten den ursprünglichen Winkel wie beim Training bei.

Zusammenfassend kann man sagen: Die verschiedenen Erscheinungen, die sich bei den Navigationsleistungen von Tieren zeigen, lassen sich nur verstehen, wenn man davon ausgeht, daß sie irgendeine Form eines inneren Zeitmessungsmechanismus besitzen, den zu verwenden sie lernen können. Es müssen in ihnen irgendwelche rhythmischen Prozesse vor sich gehen, die als zuverlässige Uhren dienen. Wenn diese Rhythmen auch beim Fehlen äußerer Veränderungen beibehalten werden, so wird doch ihr Tempo von äußeren rhythmischen Ereignissen bestimmt, von denen die Hell-Dunkel-Folge von Tag und Nacht eins der wichtigsten ist.

DER REIZ DES TAGESLICHTES

Bei Pflanzen wurde der Einfluß der verhältnismäßigen Länge von Tag und Nacht auf das Blühen systematisch zuerst von W. W. Garner und H. A. Allard untersucht, die im Jahre 1920 den Ausdruck *Photoperiodismus* einführten.

Der Begriff wurde bald erweitert, um auch andere Erscheinungen im Pflanzen- und Tierverhalten zu erfassen. Es war natürlich schon lange bekannt, daß der Austrieb bei Pflanzen, das Erwachen der Tiere aus dem Winterschlaf, die Zeiten der tierischen Fortpflanzung und der Bildung des Winterfelles wie auch die Zeit des Vogelzuges von Umweltveränderungen abhängen, dagegen wurde noch nicht allgemein erkannt, daß die Dauer des Tageslichts der entscheidende Faktor dabei war. Daß dieser Faktor bei lebenden Organismen eine Rolle spielt, ist jedoch, zumindest in mittleren und höheren Breiten, nur natürlich, da die Dauer des Tageslichts die regelmäßigste jahreszeitliche Veränderung in diesen Regionen ist. Die jeweilige Tageslänge war zweifellos sehr wichtig während der evolutionären Eroberung des trockenen Landes, wo die Temperatur weniger zuverlässig den Wechsel der Jahreszeiten anzeigt als im Meer.

Wenn die wissenschaftliche Erforschung des Photoperiodismus auch relativ jung ist, so hat der Mensch ihn mindestens bei Vögeln schon lange in der Praxis verwendet. Die Japaner brachten männliche Singvögel außerhalb der Jahreszeit zum Singen, indem sie sie im Winter unter künstlichen Lichtverhältnissen hielten. Im Mittelalter benutzten holländische Vogelfänger nachts künstliches Licht, um im Herbst bei gewissen Vögeln Brutmerkmale — Gesang und Balzverhalten — hervorzurufen und diese Tiere dann als Lockvögel für vorüberziehende Zugvögel zu verwenden. Durch das umgekehrte Verfahren — die Tageslichtperiode künstlich zu verkürzen — wurden Vögel dazu gebracht, ihre Speicherung von Fettreserven für den Winter zu beschleunigen, damit sie eher tafelfertig wurden.

Den ersten schlüssigen Beweis dafür, daß die Dauer des Tageslichts das Fortpflanzungsverhalten von Tieren beeinflußt, lieferte der kanadische Zoologe William Rowan Ende der zwanziger Jahre. Er studierte den Großen Gelbschenkel, der im Herbst nach Patagonien zieht und im Frühjahr zu seinen Brutplätzen in Kanada zurückkehrt. Obwohl der Hin- und Rückweg etwa 26 000 km beträgt, richtet der Vogel seinen Zug stets genau so ein, daß die Jungen stets zwischen dem 26. und 29. Mai aus den Eiern schlüpfen. Rowan studierte diesen Vogel vierzehn Jahre lang und untersuchte alle Faktoren, die dabei vielleicht eine Rolle spielen konnten. Er gelangte zu dem Schluß, daß der einzige Faktor, der regelmäßig und genau genug war, um als der erforderliche Synchronisator zu dienen, die Veränderung der Dauer des Tageslichtes war. Um dieses Ergebnis zu überprüfen, nahm er Vögel einer anderen Art, die gewöhnlich in Kanada überwintern, und setzte sie künstlich verlängertem Tageslicht aus. Er fand heraus, daß sie, nachdem sie einige Wochen lang bei einem Tageslicht gelebt hatten, das normalerweise erst im späten Frühjahr eintritt, schon fortpflanzungsbereit waren, während das bei Kontrolltieren, die unter den normalen Lichtbedingungen des Winters gelebt hatten, noch nicht der Fall war. Er studierte die Wirkung der Freilassung von Vögeln in verschiedenen Stadien ihrer Fortpflanzungsentwicklung und stellte fest, daß ihr Zug beginnt, wenn sie vom inaktiven in den fortpflanzungsbereiten Zustand überwechseln. Aus diesen Untersuchungen und anderen seither vorgenommenen ergibt sich deutlich, daß der Photoperiodismus ein entscheidender Faktor für die Fortpflanzungszyklen vieler Tierarten ist.

Bei Pflanzen sind die Organe, die den photoperiodischen Reiz aufnehmen, die Blätter. Wenn sie einer bestimmten kritischen Tageslichtdauer ausgesetzt werden, übermitteln sie den Knospen eine Botschaft, worauf diese Blüten statt beblätterte Zweige bilden. Doch nicht jede Blütenbildung hängt von der Tageslänge ab, denn die photoperiodische

Steuerung der Entwicklungsprozesse ist natürlich in den Teilen der Welt am häufigsten, wo sie am wirksamsten ist. Wie bereits erwähnt, findet man die photoperiodische Kontrolle am häufigsten bei Organismen, die in den gemäßigten mittleren Breiten leben, wo die Temperatur kein zuverlässiges Kriterium für den Wandel der Jahreszeiten ist. Es ist deshalb wichtig, daß die zeitlichen Koordinierungen, die bei photoperiodischen Reaktionen eine Rolle spielen, innerhalb gewisser Grenzen von der Temperatur unabhängig sind.

Ein gutes Beispiel ist der Rhythmus der Erweiterung und Zusammenziehung der Pigmentzellen bei der Gemeinen Winkerkrabbe. Diese weist einen vierundzwanzigstündigen Rhythmus bei der Farbveränderung auf. Bei Tageslicht breitet sich das schwarze Pigment in den Hautzellen aus und färbt die Krabbe dunkel, damit sie vor dem Sonnenlicht und vor Räubern geschützt ist. Zu Beginn der Nacht wird sie blasser, und mit der Morgendämmerung beginnt der Zyklus wieder von vorn. Als einige dieser Krabben in einen dunklen Raum von gleichmäßiger Temperatur gebracht wurden, zeigte es sich, daß Temperaturveränderungen zwischen 26 Grad und 6 Grad C keine erkennbare Wirkung auf diesen Zyklus ausübten. Wenn die tatsächliche Ausbreitung des Pigments bei der niedrigen Temperatur auch reduziert war, so blieb die zeitliche Regulierung des Zyklus zwei Monate lang erhalten und wies nur Unterschiede von wenigen Minuten auf. Als die Temperatur auf 0 Grad C gesenkt wurde, blieb der Zyklus aus, setzte aber wieder ein, als die Temperatur später erhöht wurde, nun jedoch mit der entsprechenden zeitlichen Verschiebung. Wenn die tiefe Temperatur beispielsweise sechs Stunden aufrechterhalten worden war, dann war der wiederhergestellte Rhythmus um einen Viertelzyklus verschoben; hatte die niedrige Temperatur jedoch vierundzwanzig Stunden angehalten, entsprach der wiederhergestellte Rhythmus zeitlich dem früheren. Eine ähnliche Temperaturunabhängigkeit gibt es auch beim Photoperiodismus der Pflanzen.

Bisher haben wir über den Einfluß der Dauer des Tageslichtes gesprochen, doch genaugenommen geht es gar nicht um die Länge des Tages, sondern um die der Nacht. Die Wirkungen einer langen Tageslichtdauer können nämlich auch nach einem kurzen Tag erzielt werden, wenn die dunkle Periode durch eine verhältnismäßig kurze helle Zeitspanne unterbrochen wird. Die höchste Empfindlichkeit bei dieser Unterbrechung muß nicht unbedingt in der Mitte der Dunkelzeit liegen, sondern tritt häufig eine bestimmte Anzahl von Stunden nach ihrem Beginn auf. Bei Frettchen kann beispielsweise die Paarung ausgelöst werden, wenn die Tiere zwei Monate lang täglich achtzehn Stunden lang Licht bekommen; aber es genügen auch sechs Stunden täglich, wenn zusätzlich zwei Stunden lang Licht während der Dunkelperiode eingelassen wird, und zwar zwölf Stunden nach Beginn der Dunkelheit. In einigen Fällen hat jedoch der Beginn der hellen Periode einen größeren Einfluß auf den kritischen Punkt der höchsten Lichtempfindlichkeit während der Dunkelheit als der Beginn der Dunkelperiode selbst. Die zu- und abnehmende Empfindlichkeit für Unterbrechungen während der Dunkelperiode deutet darauf hin, daß der beteiligte physiologische Prozeß von einer inneren Uhr kontrolliert wird.

Es gibt viel Beweismaterial für die Annahme, daß lebende Organismen in ihrem Inneren biologische Uhren besitzen, die sie in die Lage versetzen, überraschend genaue Zeitmessungen vorzunehmen. Eine weitere Bestätigung dafür liefert die Entdeckung, daß viele Organismen selbst dann ein zyklisches Verhalten zeigen, wenn in ihrer Umwelt keine Veränderung vor sich geht. Das scheint als erster der französische Astronom Jean Baptiste de Mairan im Jahre 1729 beobachtet zu haben. Er interessierte sich für die Blattbewegung bei Pflanzen. Viele Pflanzen breiten ihre Blätter bei Tageslicht aus und falten sie bei Nacht zusammen. Mairan fand heraus, daß diese Bewegungen selbst dann fortgesetzt werden, wenn sich die Pflanzen in ständiger Dunkelheit befinden. Später studierten andere Wissenschaftler ähnliche Erscheinungen, und Darwin untersuchte sie in seinem Buch *Das Bewegungsvermögen der Pflanzen*. Man nahm an, daß solche Bewegungen entweder auf eine Nachwirkung des Tag-Nacht-Zyklus, in dem die Pflanze gelebt hatte, oder eine ererbte Tendenz zur Bewegung zurückzuführen seien. Erst in den dreißiger Jahren erkannte man — vor allem auf Grund der Forschungen Erwin Bünnings in Tübingen —, daß diese Tagesrhythmen ein Beweis für die Existenz von wirklichen physiologischen Uhren sind und daß Pflanzen den Ablauf der Zeit selbst dann genau messen können, wenn sie in völliger Dunkelheit gehalten werden.

Bünning fand ferner heraus, daß der Zyklus der Blattbewegungen eine Periode hatte, die nur *annähernd* vierundzwanzig Stunden ausmachte. Das war eine entscheidende Entdeckung, denn sie bestätigte endgültig die Behauptung, daß die rhythmischen Bewegungen nicht durch einen äußeren Faktor gesteuert wurden, sondern spezifisch für die Pflanze selbst waren und deshalb von einer inneren Uhr abhängen mußten. In den letzten Jahren hat sich der Ausdruck »circadiane Periodik« — nach dem lateinischen *circa diem*, etwa einen Tag — eingebürgert, um all die biologischen Rhythmen zu bezeichnen, die ein wenig von der genau vierundzwanzigstündigen Periodik abweichen. Ein Rhythmus, der nicht circadian, sondern der Tageslänge genau gleich ist, müßte irgendeinem geophysikalischen Einfluß zugeschrieben werden. Ein circadianer Rhythmus dagegen behält, wenn auch vermutlich sein evolutionärer Ursprung von der Tageslänge abhing, eine andere Periodik. Das ist ein entscheidender Hinweis darauf, daß der Rhythmus ein spezifisches Merkmal des Organismus selbst ist, besonders da er zeitlich nicht mit irgendeiner täglichen Veränderung der Umwelt übereinstimmt.

Wir wissen jetzt, daß circadiane Rhythmen bei nahezu allen Pflanzen und Tieren — von den einzelligen Algen bis zum Menschen — auftreten. Um das Vorhandensein dieser Rhythmen beim Menschen zu erforschen, fuhr eine kleine Gruppe von Wissenschaftlern nach Spitzbergen, wo die Sonne im Sommer mehrere Monate lang scheint und wo während dieser Zeit die Veränderung des Lichtes und der Temperatur gering ist. Sie richteten ihre Uhren so ein, daß sie zuerst einen Vierundzwanzig-Stunden-Zyklus in einundzwanzig Stunden und nachher in siebenundzwanzig Stunden vollendeten. Sie alle verrichteten ihre Tätigkeiten nach diesen Uhren; es wurden in regelmäßigen Abständen Urinproben gemacht und untersucht. Im ganzen zeigte sich, daß ihre circadianen Rhythmen erhalten blieben.

Nicht alle biologischen Rhythmen, die in Wechselbeziehungen zu äußeren Dingen stehen, sind circadian. Manche marine Organismen zeigen in ihrem Verhalten Rhythmen, die deutlich mit Ebbe und Flut in Beziehung stehen. Beispielsweise kommen Grüne Strudelwürmer (Convoluta) beim Höhepunkt der Flut an die Oberfläche des Sandes und vergraben sich wieder, wenn er trocken wird. Es hat sich herausgestellt, daß dieser Rhythmus anhält, wenn die Strudelwürmer in ein Aquarium gesetzt werden, wo es keine Gezeiten gibt. Bei einigen marinen Organismen kommen auch lunare Zyklen vor. Der Palolo, der im Pazifik und im Atlantik lebt, pflanzt sich lediglich bei Nippflut im letzten Mondviertel der Monate Oktober oder November fort. Auch die Braunalge

Dictyota dichotoma läßt ihre männlichen und weiblichen Gameten zweimal im Mondzyklus an bestimmten Orten frei und erhöht dadurch die Befruchtungsaussichten. Da eine Reihe von Arten ihr periodisches Verhalten auch unter Laboratoriumsbedingungen fortsetzt, ohne daß man sie der Gezeitentätigkeit oder dem Mondlicht aussetzt, ist es klar, daß sie spezifische Rhythmen besitzen, die entsprechende Perioden aufweisen. Mond und halbe Mondzyklen lassen sich vielleicht aus den Wechselbeziehungen zwischen circadianer Periodik und Gezeitenrhythmen erklären, so daß gewisse Phasen der beiden so zusammenfallen, daß reguläre Takte in Abständen von etwa 14 oder 29 Tagen entstehen.

DER ZYKLUS DES JAHRES

Das Vorhandensein einer circadianen Periodik in der ganzen Tier- und Pflanzenwelt hat Biologen vor die Frage gestellt, ob es irgendwelche spezifischen Rhythmen mit einer Periode von etwa einem Jahr gibt. Das ist schwerer festzustellen, da eine sehr lange Jahr-für-Jahr-Untersuchung nötig ist. Der erste Beweis für einen biologischen Jahresrhythmus wurde von K. C. Fisher und E. T. Pengelley an der Universität Toronto im Zusammenhang mit dem tierischen Winterschlaf entdeckt. Eine Backenhörnchenart, die in den Rocky Mountains lebt, wurde in einem kleinen fensterlosen Raum bei 0 Grad C gehalten und mit reichlich Futter und Wasser versorgt. Von August bis Oktober fraß und trank das Tier normal und behielt trotz der niedrigen Temperatur eine Körperwärme von 37 Grad C. Im Oktober hörte das Tier, wie es das ebenso in seiner natürlichen Umwelt getan hätte, auf, zu fressen und zu trinken, und fiel in den Winterschlaf; dabei sank seine Körpertemperatur bis fast auf den Gefrierpunkt ab. Im April wurde das Backenhörnchen wieder aktiv, und Verhalten und Körpertemperatur wurden normal. Ähnliche Experimente mit Raumtemperaturen erbrachten das gleiche Ergebnis: die Periode eines jeden vollen Zyklus betrug etwas weniger als ein Jahr. Die üblichen Kriterien für das Vorhandensein einer wirklichen biologischen Uhr waren erfüllt: die Periode des Rhythmus betrug nicht genau ein Jahr; sie stimmte mit keinem äußeren periodischen Signal überein und war unabhängig von der Temperatur.

Der »circannuale« Rhythmus, wie er heute genannt wird, stellte sich sogar ein, wenn diese Tiere bei konstanter Raumtemperatur gehalten wurden, die ihrer normalen Körpertemperatur so nahe kam, daß sie überhaupt keinen Winterschlaf halten konnten. Doch obwohl Futter und Wasser zur Verfügung standen, fraßen sie immer weniger und verloren während des Winters an Gewicht — im Frühjahr normalisierte sich alles. E. T. Pengelley und S. J. Asmundson, die diesen Versuch angestellt haben, erklärten: »Es konnte kaum eine überzeugendere Demonstration für das Vorhandensein einer inneren Uhr geben, die unabhängig von den Umweltverhältnissen funktioniert.«

Die Entdeckung einer circannualen Uhr bei Tieren, die den Winterschlaf halten, hat zur Suche nach ähnlichen Rhythmen bei anderen Tieren, insbesondere Vögeln, geführt. Wir sahen bereits, daß William Rowan durch Abänderung des täglichen Rhythmus von Hell und Dunkel die zeitliche Koordinierung der charakteristischen Rastlosigkeit beeinflußte, die den Zug der Vögel einleitet. Trotzdem vermutete Rowan, daß die Länge des Tages wohl nicht der einzige Faktor sei, der den Drang zum Vogelzug auslöste. Seine Ansicht ist kürzlich durch die Entdeckung einer circannualen physiologischen Uhr bei einigen Zugvögeln bestätigt worden. Experimente mit Laubsängern, von denen einige unter natürlichen Bedingungen und andere bei konstanter Raumtemperatur sowie einem Tageszyklus von zwölf Stunden Licht und zwölf Stunden Dunkelheit gehalten wurden, haben gezeigt, daß Unterschiede bei den Umweltbedingungen kaum Auswirkungen auf den Wandertrieb der Zugvögel haben. Es spielte auch keine Rolle, ob sie in Europa zurückgehalten wurden, wo sie normalerweise den Sommer verbringen, oder in Afrika, wo sie üblicherweise überwintern. Eberhard Gwinner aus München, der diese Versuche ausführte, kam zu dem Schluß, daß der Rhythmus der Laubsänger auf irgendeinem inneren circannualen Zeitmessungsmechanismus beruht.

Ein anderer Zyklus, der auf ähnliche Weise studiert worden ist, betrifft das jährliche Abwerfen und Nachwachsen des Geweihes von Hirschen. Es ist bekannt, daß tropische Hirsche, die in Zoologischen Gärten in gemäßigten Breiten leben, ihren ursprünglichen Jahreszyklus trotz der unterschiedlichen Tageslängen beibehalten. Eindrucksvolle Beweise für die These, daß der Geweihwuchs von einer inneren Uhr gesteuert wird, liefert ein blinder Elch, der seit sechs Jahren in der Staatlichen Universität von Colorado beobachtet wird. Obwohl er keinerlei Signale durch die Lichtverhältnisse erhält, hat er sein Geweih während dieser ganzen Periode immer rechtzeitig abgeworfen und regeneriert.

Eine innere Uhr mit einer Periode, die nicht genau ein Kalenderjahr beträgt, hat man auch bei einer Art von Panzerkrebsen gefunden, die in dunklen Höhlen lebt, wo es praktisch keine jahreszeitlichen Unterschiede gibt. Ja, es besteht die große Wahrscheinlichkeit, daß circannuale Uhren fast ebenso allgemein verbreitet sind wie circadiane. Der Vorteil, eine solche Uhr zu besitzen, besteht darin, daß sie dem Tier

73

eine Vorausinformation gibt, die es von seiner Umwelt vielleicht nicht immer bekommt. Vögel, die in tropischen Gebieten in der Nähe des Äquators überwintern, erhalten selten ein Signal von ihrer Umgebung, das sie darüber unterrichtet, wann es Zeit ist, an die Brutplätze in gemäßigten Breiten zurückzukehren.

Es gibt auch Beweise dafür, daß es solche circannualen Uhren beim Menschen gibt. Langfristige Studien an einem Psychosekranken wiesen auf einen Jahresrhythmus bei seinen manisch-depressiven Anfällen hin; bei einem anderen zeigte sich beim Körpergewicht ein ähnlicher Zyklus.

Nachdrücklich sind die Abweichungen des circadianen und des circannualen Rhythmus von der genauen Tages- und Jahreslänge betont worden. Wenn jedoch die Umwelt gar keine Rolle bei der Regulierung dieser Rhythmen spielte, dann würden sie sich immer stärker gegen den Tag-Nacht-Zyklus oder gegen die Jahreszeiten verschieben. Infolgedessen muß das Tier oder die Pflanze von gewissen Hinweisen oder Signalen aus der Umwelt abhängig sein, um diese Uhr korrigieren und dafür sorgen zu können, daß sie mehr oder weniger dem Tag oder dem Jahr entspricht, genau wie wir Zeitsignale von unseren Sternwarten erhalten, um unsere Uhren danach stellen zu können. Im Fall der circadianen Rhythmen scheinen die notwendigen Hinweise von den täglichen Licht- und Temperaturunterschieden geliefert zu werden. Vermutlich sind diese Unterschiede auch an der Regulierung circannualer Rhythmen beteiligt, doch hier mag es auch noch andere Einflüsse geben.

Selbstverständlich können sich die hier genannten biologischen Uhren nicht auf Stoffwechselprozesse stützen, denn dann wäre ihr »Gang« von der Temperatur abhängig. Natürlich können Stoffwechselvorgänge die zeitliche Koordinierung der Tätigkeiten eines Organismus beeinflussen. Bienen, die man mit Chemikalien gefüttert hatte, durch die ihr Stoffwechsel beschleunigt wurde, trafen meist zu früh bei den Blumen ein, deren Nektar sie normalerweise saugen. Ansteigen oder Absinken der Körpertemperatur eines Organismus kann eine Beschleunigung oder Verlangsamung seiner physiologischen Prozesse hervorrufen, weil es die Stoffwechsel-Uhr rascher oder langsamer schlagen läßt. So hat man beispielsweise festgestellt, daß Fliegen, die bei abnorm hoher Temperatur gehalten werden, rascher altern und daher früher sterben.

Auch wenn die nicht auf dem Stoffwechsel beruhenden biologischen Uhren temperaturunabhängig sind, soweit es um ihr Tempo geht, können sie trotzdem die Temperatur als synchronisierender Hinweis benutzen, nach dem sie ihren Gang korrigieren, so daß er irgendeiner bedeutsamen äußeren Bedingung entspricht. Infolgedessen besteht eins der wichtigsten Probleme, dem sich die Biologen heute gegenübersehen, darin, einen physiologischen Mechanismus zu entdecken, der auf der einen Seite auf Temperatur reagieren kann, auf der anderen jedoch unabhängig von ihr bleibt. Das Problem ist biochemisch untersucht worden, doch nichts spricht dafür, daß irgendein Schwanken des Enzymspiegels an einem solchen Uhrenmechanismus beteiligt ist. Pflanzen haben im Gegensatz zu Tieren keinen zentralen Regulator ihrer Periodik. Deshalb hat Bünning behauptet, daß Pflanzen in jeder

Zelle eine Uhr haben müßten; aber wenn dieser Schluß jetzt auch allgemein anerkannt wird, so hat man doch noch keine Zelluhr identifizieren können. (C. F. Ehret vom Argonne-National-Laboratorium in den USA behauptet, daß mit dem Kontrollsystem für den Nukleinsäure-Stoffwechsel ein zellularer Uhrenmechanismus verbunden ist.)

Die Synchronisierung einer Anzahl von zellularen Uhren könnte von irgendeinem Rhythmen-Kontrollzentrum übernommen werden. Besondere Mechanismen, die diese Funktion ausführen könnten, sind entdeckt worden und werden als »Hauptuhren« bezeichnet. Die erste solche Hauptuhr ist von G. P. Wells in der Speiseröhre des Köderwurms (*Arenicola marina*) gefunden worden. Sie steuert die außerordentlich regelmäßige Tätigkeit dieses Tieres: drei Minuten währende Perioden von Futteraufnahme-Bewegungen, die ohne Rücksicht darauf, ob Futter vorhanden ist, auftreten, gefolgt von einer einminütigen Ruhepause und lokomotorischen Bewegungen alle vierzig Minuten.

Eine weitere Hauptuhr ist seither von Dr. Janet Harker in Cambridge bei dem amerikanischen Kakerlaken *Periplaneta americana* entdeckt worden. Wird dieses Insekt in dem üblichen Licht-Dunkelheit-Zyklus gehalten, dann zeigt es bei seiner Futtersuche einen deutlichen circadianen Rhythmus; am aktivsten ist es bei Einfall der Dunkelheit. Doch wenn es lange Zeit ständiger Helligkeit ausgesetzt ist, zeigt es bei seiner Aktivität keinen meßbaren Rhythmus mehr. Ein Kakerlak, der noch den ursprünglichen Rhythmus besaß, wurde durch Entfernung der Beine unbeweglich gemacht und dann auf den Rücken eines anderen Kakerlaken verpflanzt, der diesen Rhythmus nicht mehr aufwies. Die Blutsysteme der beiden Insekten wurden durch ein Röhrchen miteinander verbunden, so daß sich ein einziger Kreislauf ergab. Dr. Harker stellte fest, daß das untere Insekt, obwohl es sich immer noch in ständiger Helligkeit befand, bald den gleichen circadianen Rhythmus aufwies, wie ihn das obere Tier besessen hatte. Überdies, und das war das entscheidende Ergebnis, hatte der rhythmische Kakerlak auf den anderen auch die Phase seiner früheren Tätigkeit übertragen. Das war ein entscheidender Hinweis darauf, daß der Rhythmus auf die periodische Freisetzung irgendeines Hormons in das Blut zurückzuführen ist.

Durch Transplantationsversuche fand Dr. Harker heraus, daß die Quelle dieser Sekretion das Unterschlundganglion ist, das den bauchseitigen Teil des Gehirns bildet. Dieses Organ enthält spezialisierte Nervenzellen, die unter dem Einfluß von Licht, das in die Augen des Insekts fällt, Hormone abscheiden. Als im Rahmen eines Experiments diese Zellen entfernt und in die Körperhöhle eines anderen Kakerlaken verpflanzt wurden, dem vorher der Kopf abgenommen worden war, funktionierten sie weiter wie zuvor. Das kopflose Insekt lief noch mehrere Tage lang zu der Tageszeit herum, auf die die Sekretionsphase der eingepflanzten Zellen von der Hell-Dunkel-Erfahrung des Spenderkakerlaken eingestellt worden war.

Weitere Versuche weisen jedoch darauf hin, daß ein zweiter circadianer Prozeß am Rhythmus der Futtersuchtätigkeit des Kakerlaken beteiligt ist. Diese zweite Uhr beeinflußt den Gang der Hauptuhr (verhindert, daß diese durch zufällige Lichtblitze, etwa bei Übergängen vom Schatten ins Licht, anders eingestellt wird), liegt jedoch außerhalb des Unterschlundganglions. Deshalb ist es unwahrscheinlich, daß das Problem der Natur und der Lage des vollständigen Mechanismus, der circadiane und andere Rhythmen bei Tieren steuert, schnell gelöst werden kann.

Bei den höher entwickelten Tieren, den Menschen eingeschlossen, liegt die Hauptuhr vermutlich im Zentralnervensystem. Es ist seit etwa vierzig Jahren bekannt, daß sich das menschliche Gehirn infolge elektrischer Ströme in ständiger rhythmischer Tätigkeit befindet. Die harmonische Analyse von Elektroenzephalogrammen ist kompliziert, doch man hat vier rhythmische Haupttypen erkannt. Jeden von ihnen kennzeichnet ein besonderer Frequenzbereich. Am leichtesten zu entdecken — besonders wenn die Augen geschlossen sind und die Versuchsperson entspannt ist — ist der »Alpha-Rhythmus« von etwa zehn Schwingungen die Sekunde. Vermutlich steht dieser Rhythmus in Verbindung mit einer Verminderung der Informationsverarbeitung, da er besonders deutlich während Meditationsübungen (Zen und Joga) hervortritt; es ist bekannt, daß der Zweck dieser Übungen darin besteht, den Ausübenden von allen äußeren Reizen zu isolieren.

Es gibt Beweise dafür, daß das Vorherrschen des Alpha-Rhythmus bei ruhendem Gehirn auf die synchronen Schwankungen großer Zellgruppen zurückzuführen ist, während das elektrische Schema, das ein waches Gehirn aufzeichnet, von geringerer Spannung ist und den höchst verschiedenartigen Aktivitäten der verschiedenen Hirnteile entspricht. Und da wir den Alpha-Rhythmus künstlich hervorrufen können, indem wir das Auge einem Lichtflackern von der Frequenz zehn je Sekunde unterziehen, ist es außerdem möglich, daß der natürliche Rhythmus die Reaktion des Gehirns auf ein Flackern ist, das von seinen eigenen inneren Schwingungen herrührt. Mary Brazier und ihre Kollegen in Boston haben herausgefunden, daß gewisse lokale Schwingungen im Gehirn die Tendenz haben, sich gegenseitig zu synchronisieren. Wir wissen weder, was das für Hirnoszillatoren sind noch wie diskordant sie sein mögen, sie neigen jedoch dazu, ein zeitlich verhältnismäßig gut abgestimmtes Komplexsystem zu erzeugen.

Erst seit kurzem beginnen wir die wahre Natur und Bedeutung der biologischen Rhythmen zu verstehen. Um richtig zu funktionieren, muß ein Organismus seine physiologischen Prozesse zeitlich koordinieren und sich, wenn erforderlich, auf gewisse vorhersehbare Veränderungen in seiner Umwelt — etwa auf die verschiedenen Jahreszeiten — vorbereiten. Dazu ist ein Zeitsinn erforderlich, der, wie wir jetzt wissen, aus biologischen Uhren besteht, von denen einige, vor allem die circadianen Uhren, äußere Korrelate haben. Ein lebender Organismus läßt sich deshalb nicht völlig mit jenen physikalischen und chemischen Begriffen erklären, die sich einem anbieten, wenn man nur den zergliederten Organismus untersucht, da biologische Uhren nicht auf diese Weise untersucht werden können, selbst wenn die Zeitmessung mit besonderen Organen in Verbindung steht, die sich isolieren lassen. In der modernen Biologie werden die *Zeit*-Aspekte des Lebens immer wichtiger. Ihre Untersuchung wird insbesondere zu dem Verständnis der Art und Weise beitragen, wie wir selbst funktionieren. Denn obwohl unser begrifflicher Zeitsinn überwiegend von sozialen, psychischen und Stoffwechselfaktoren gesteuert zu werden scheint, sind diese den Rhythmen der zahllosen biologischen Uhren, die tief unter der Bewußtseinsschwelle in unserem Inneren ticken, nur überlagert.

KAPITEL 4

Das Messen der Zeit

Wir haben gesehen, daß die Funktion der biologischen Uhren die ist, lebende Organismen in die Lage zu versetzen, die erforderlichen Reaktionen zur angemessenen Zeit zu produzieren. Auf ähnliche Weise wurden die Kalender, die von früheren Zivilisationen benutzt wurden, und der Gregorianische Kalender, den wir heute noch verwenden, ursprünglich erdacht, damit religiöse Zeremonien zum richtigen Datum vorgenommen werden konnten. Um wirksam zu funktionieren, benutzen biologische Uhren (mit äußeren Korrelaten) und vom Menschen gemachte Kalender Hinweise, die von den Bewegungen der Erde, der Sonne und des Mondes geliefert werden. Diese Bewegungen dienen als Zeitmaßstäbe. Obwohl der Mensch schon vor langer Zeit erkannt hat, daß die Korrelation eines jeden Zeitsystems mit einem bestimmten Maßstab mit Hilfe von Messungen erleichtert wird, ist die entscheidende Bedeutung dieser Messungen erst mit dem Entstehen der modernen Naturwissenschaft klargeworden. Die Zeitvorstellungen, die in der Antike und im Mittelalter herrschten, unterschieden sich von den unseren nicht nur wegen der weitverbreiteten Überzeugung, daß die Zeit ihrem Wesen nach zyklisch sei, sondern auch, weil bis vor etwa dreihundert Jahren das Fehlen zuverlässiger mechanischer Uhren das genaue Messen der Zeit verhinderte.

Der Wechsel von Tag und Nacht, der für das Entstehen circadianer Uhren in den meisten Organismen (von einzelligen Algen bis hinauf zu den höheren Pflanzen und Tieren) maßgeblich ist, übte auch einen großen Einfluß darauf aus, wie der Mensch die Zeit maß. So wurde die Entwicklung unseres modernen Begriffes von der Homogenität der Zeit verhindert, weil die Stunden in der allgemein angenommenen Stundenskala nicht gleichförmig waren. Vor dem vierzehnten Jahrhundert wurde unser heutiges System, Tag und Nacht gemeinsam in vierundzwanzig Stunden von gleicher Länge einzuteilen, nur von einigen Theoretikern der Astronomie benutzt. Statt dessen wurden die Perioden von Licht und Dunkelheit — jede für sich — in eine gleiche Zahl von »Zeitstunden« — *horae temporales,* wie sie von den Römern genannt wurden — eingeteilt. Gewöhnlich waren es zwölf. Infolgedessen wechselte die Länge einer Stunde entsprechend der Jahreszeit, und außerdem war, außer bei den Tagundnachtgleichen, eine Tagesstunde einer Nachtstunde nicht gleich. So seltsam uns diese Rechenweise heute auch erscheinen mag, man darf doch nicht vergessen, daß die meisten menschlichen Tätigkeiten bei Tageslicht stattfanden und daß die frühen Zivilisationen in Breiten lagen, wo die Zeitspanne von Sonnenaufgang bis -untergang weit weniger veränderlich ist als in nördlicheren Gegenden. Anderseits benutzten Astronomen Standardstunden, »Äquinoktialstunden« — *horae aequinoctiales* — genannt. Sie entsprachen genau den Zeitstunden bei der Frühjahrs-Tagundnachtgleiche.

Die einzigen mechanischen Zeitmesser in der Antike waren Wasseruhren, doch bis ins vierzehnte Jahrhundert war das zuverlässigste Gerät, die Zeit festzustellen, die Sonnenuhr. Beide Uhrentypen wurden von den Ägyptern benutzt. Später wurden sie in Griechenland eingeführt und schließlich im Römischen Reich. Vitruv beschrieb um 30 v. Chr. mehr als ein Dutzend verschiedene Sonnenuhrarten. Außerdem beschrieb er mehrere *clepsydrae* oder Wasseruhren. Um einen gleichmäßigen Zustrom des Wassers zu erzielen, wurden sie so konstruiert, daß die Druckhöhe konstant blieb. Damit »Zeitstunden« angezeigt wurden, mußte entweder das Zustromtempo oder die Stundenskala entsprechend der Jahreszeit verändert werden. Infolgedessen waren viele der alten Wasseruhren überaus kompliziert.

Der früheste bekannte Versuch, auf mechanische Weise einen periodischen Maßstab für die Zeit zu schaffen, ist ein Gerät, das in einem von Su Sung im Jahr 1092 geschriebenen

Abbildung 3

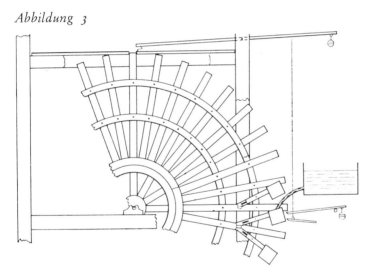

Su Sungs Wasseruhr kann als ein sehr früher Hemmungsmechanismus angesehen werden. Alle Viertelstunde erreicht die Wassermenge in einem der Becher ein Gewicht, das ausreicht, den Becher abwärts zu drücken und den mit Gegengewicht versehenen Horizontalbalken oben am Rand auszuklinken. Dadurch kann das Rad um eine Speiche weiterrücken und einen leeren Becher unter den Wasserstrahl placieren. Der sich leicht drehende Balken oben links dient als Sperrklinke und verhindert eine Rückwärtsbewegung.

Text als Illustration erscheint. Die Kraft lieferte ein Wasserrad, das Sprosse um Sprosse vorrückte; dabei ergoß sich Wasser in eine Reihe von Bechern, die sich alle Viertelstunde leerten, wenn das Gewicht des Wassers in dem Becher ausreichte, eine Laufgewichtswaage zur Neigung zu bringen. Dadurch wurde der Mechanismus ausgeklinkt, bis der nächste Becher unter den Wasserstrahl rückte; dann klinkte er wieder ein. Die Zeitmessung wurde astronomisch überprüft durch ein Visierrohr, das auf einen ausgewählten Stern gerichtet war. Da die Zeitmessung vor allem durch den Fluß des Wassers und nicht durch die Hemmungstätigkeit selbst gesteuert wurde, kann man dieses Gerät als Verbindungsglied zwischen der zeitmessenden Eigenschaft eines steten Flüssigkeitsstromes und der mechanisch hervorgerufenen Pendelschwingung betrachten.

Der grundlegende Unterschied zwischen Wasseruhren und mechanischen Uhren im strengen Sinn des Wortes liegt darin, daß es bei ersteren um einen kontinuierlichen Prozeß (den Strom von Wasser durch eine Öffnung) geht, während letztere von einer mechanischen Bewegung in Gang gesetzt werden, die sich ständig wiederholt. Die mechanische Uhr scheint eine europäische Erfindung des späten dreizehnten Jahrhunderts zu sein. Bereits im späten zwölften Jahrhundert war der Markt für Wasseruhren so groß, daß in Köln eine Zunft von Uhrmachern bestand, die um 1220 eine eigene Straße bewohnte, die Urlogengasse. Doch in nördlichen Klimaten müssen Wasseruhren Ärger verursacht haben, wenn sie im Winter einfroren. Deshalb wurden im vierzehnten Jahrhundert Sanduhren erfunden, doch sie waren nur für die Messung kurzer Zeitspannen geeignet. Sie wurden hauptsächlich auf Schiffen benutzt, um die Geschwindigkeit zu messen. Das geschah, indem man die Knoten in einer Leine zählte, an der ein Log befestigt war; dieses Log wurde ins Wasser geworfen und trieb an der Leine nach achtern. Die Sanduhr maß im allgemeinen eine Zeitspanne von einer halben Minute. Übrigens wurde Vater Zeit — oder der Sensenmann, wie man ihn bei uns auch nennt — erst gegen Ende des fünfzehnten Jahrhunderts mit der Sanduhr dargestellt.

Das englische Wort »clock« (Uhr) entspricht dem deutschen Wort Glocke, und Glocken spielten eine wichtige Rolle im mittelalterlichen Leben. Möglicherweise führten die Mechanismen, mit deren Hilfe sie geläutet wurden — Zahnräder und schwingende Hebel —, zur Erfindung mechanischer Uhren, der Gewichtsräderuhren. Die entscheidende Erfindung, die die mechanische Uhr erst möglich machte, war die Spindelhemmung. Das war eine klug erdachte Einrichtung, bei der ein schwerer Balken, etwa in der Mitte auf der Spindel befestigt, über zwei Nasen durch ein Zahnrad, das von einem über eine Trommel laufenden Gewicht angetrieben wurde, erst nach der einen, dann nach der anderen Seite geschwungen wurde. Das Rad rückte bei jeder Hin- und Herschwingung des Balkens um einen Zahn weiter. In Italien wurde der Querbalken bisweilen durch ein Hemmrad mit ähnlicher Wirkung ersetzt. Niemand weiß, wem diese Erfindung zuzuschreiben ist. Es muß gegen Ende des dreizehnten oder Anfang des vierzehnten Jahrhunderts gewesen sein. Da der Querbalken keine eigene natürliche Schwingungsperiode hat, hängt das Tempo der Uhr vom Radantrieb ab, wird jedoch stark von Unterschieden der Reibung im Antriebsmechanismus beeinflußt. Infolgedessen gingen diese Uhren nicht sehr genau, und man konnte sich kaum darauf verlassen, daß sie um weniger als eine Viertelstunde je Tag von der wirklichen Zeit abwichen. Ein Fehler von einer Stunde war nicht ungewöhnlich.

Trotz ihres Mangels an Genauigkeit wurden im vierzehn-

Abbildung 4

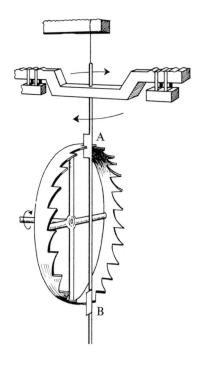

Die genial einfache Spindelhemmung. Das Zahnrad, das durch ein Gewicht in Drehung versetzt wird, kann wegen der beiden Nasen an der senkrechten Spindel nicht »weglaufen«. Auf der Zeichnung ist das Zahnrad im Begriff, Nase A zur Seite zu schieben und damit den durch Gewichte beschwerten Querbalken um 90° zu drehen und Nase B ins Spiel zu bringen. Spindel und Querbalken werden nun gezwungen, ihren Schwung umzukehren, ehe das Rad um einen weiteren Zahn weiterrücken kann.

ten Jahrhundert viele mechanische Uhren, die die Stunden schlugen, öffentlich in den europäischen Städten aufgestellt. Es wurden Uhren mit merkwürdigen und komplizierten Bewegungen gebaut, denn es war leichter, Räder hinzuzufügen, als die Hemmung zu regulieren. Überdies stattete man, da man allgemein überzeugt war, daß die Kenntnis der relativen Standörter der Himmelskörper für den Erfolg der meisten menschlichen Tätigkeiten notwendig sei, viele frühe Uhren mit kunstvollen astronomischen Darstellungen aus. Die berühmteste war die im Jahr 1352 gebaute Straßburger Uhr. Seit etwa 1400 gibt es Berichte über Käufe häuslicher Uhren durch Fürstlichkeiten, doch bis zur zweiten Hälfte des sechzehnten Jahrhunderts waren diese Uhren sehr selten.

Die Erfindung der mechanischen Uhr war der entscheidende Schritt zum allgemeinen Gebrauch jenes Zeitrechnungssystems, bei dem Tag und Nacht zusammen in vierundzwanzig gleiche Stunden geteilt werden. In Italien, wo eine öffentliche Uhr im Jahr 1335 aufgestellt wurde, schlugen manche Uhren bis vierundzwanzig, und dieser Brauch hielt sich dort mehrere Jahrhunderte lang. Die meisten anderen Länder des Abendlandes entschlossen sich jedoch bald zu dem System, bei dem die Stunden von Mitternacht an zweimal bis zwölf gezählt wurden. In England werden Stunden »vor Mittag« und »nach Mittag« um 1380 zum erstenmal erwähnt.

Bis zur Mitte des siebzehnten Jahrhunderts hatten mechanische Uhren lediglich einen Zeiger, und das Zifferblatt war nur in Stunden und Viertelstunden eingeteilt. Obwohl die Unterteilung der Stunde in sechzig Minuten und der Minute in sechzig Sekunden im Jahr 1345 schon üblich war, um die Dauer einer Mondfinsternis auszudrücken, handelte es sich dabei nicht um ein tatsächliches Messen, sondern nur um theoretische Berechnungen. (Diese Art der Stundenunterteilung beruhte auf dem Sexagesimalsystem der Brüche, das von den hellenistischen Astronomen und vor ihnen von den Babyloniern benutzt wurde.) Noch nach der Erfindung der mechanischen Uhr wurde die Entwicklung des modernen wissenschaftlichen Zeitbegriffs durch das Fehlen eines mechanischen Mittels, mit dem man kurze Zeitspannen genau messen konnte, stark behindert. So mußte Galilei Anfang des siebzehnten Jahrhunderts bei seinen berühmten Versuchen über die Fallgeschwindigkeit von Kugeln, die eine schiefe Ebene hinunterrollten, die Zeit messen, indem er die Wassermenge wog, die in einem dünnen Strahl aus einem Gefäß mit einem Loch darin herausfloß. Er nahm den Daumen von dem Loch, wenn der Versuch begann, und drückte ihn wieder darauf, wenn die Kugel einen bestimmten Punkt erreicht hatte.

Die Grundlage der modernen genauen Zeitmessung war Galileis Entdeckung eines natürlichen periodischen Prozesses, der endlos wiederholt und gezählt werden kann: das Schwingen des Pendels. Sein Interesse am Pendel läßt sich bis zu der Zeit zurückverfolgen, als er in Pisa Medizin studierte und das Pendel zur diagnostischen Beschreibung des Pulsschlages eines Patienten benutzte. Das Gerät bestand aus einem Brett mit einem Pflock, an dem ein Faden mit einem Gewicht befestigt war; dieses Pendel konnte zum Schwingen gebracht werden. An den entsprechenden Stellen des Brettes waren verschiedene diagnostische Beschreibungen angebracht, etwa »fieberhaft« oder »träge«. Der Arzt brauchte die Länge des schwingenden Fadens durch Fingerdruck nur so einzustellen, daß die Schwingungen des Pendels dem Puls des Patienten entsprachen, und dann die Diagnose abzulesen. Später kam Galilei zu dem Schluß, daß die Schwingungsdauer eines einfachen Pendels von seiner Länge abhängt. Im Alter wollte er das Pendel an einem Uhrwerk anbringen, um die Zahl der Schwingungen mechanisch aufzuzeichnen. Dieser Schritt wurde einige Jahre später, 1656, von dem holländischen Wissenschaftler Christiaan Huygens getan, dessen Pendeluhr die Ära der Präzisionszeitmesser einleitete. Sie war der erste Mechanismus, der die physikalische Zeit mit einer Genauigkeit von etwa zehn Sekunden je Tag maß. Diese Art des Messens konnte einfach als numerische Wiederholung betrachtet werden, war jedoch auch ein Mittel, eine bestimmte Zeitspanne gleichmäßig zu teilen — etwa eine Stunde in sechzig Minuten —, und entsprach damit der Teilung einer Geraden endlicher Länge in eine Anzahl gleicher Abschnitte. Infolgedessen beeinflußte die Erfindung einer mechanischen Uhr, die, wenn sie richtig reguliert war, jahrelang stetig gehen konnte, stark die Überzeugung von der geometrischen Gleichmäßigkeit und Kontinuierlichkeit der Zeit.

Genaugenommen ist Galileis einfaches Pendel, bei dem das Pendelgewicht Kreisbögen beschreibt, nicht ganz isochron. Huygens entdeckte, daß theoretisch vollkommener Isochronismus (die Schwingungsperiode ist für alle Winkel der Schwingung gleich) erreicht werden konnte, wenn man das Pendelgewicht zwang, eine besondere Kurve zu beschreiben, einen Zykloidenbogen. Das war das Entscheidende an seiner Erfindung. So groß seine Leistung — besonders in theoretischer Hinsicht — auch war, die endgültige praktische Lösung war erst nach der Erfindung einer neuen Art von Hemmung möglich. Huygens' Uhr besaß noch eine Spindelhemmung, doch um 1670 wurde ein stark verbesserter Typ, die Ankerhemmung, erfunden. Sie störte die freie Bewegung des Pendels weniger.

Die Genauigkeit jeder mechanischen Uhr hängt nicht nur von ihrer Konstruktion ab, sondern muß ständig an irgendeiner natürlichen Uhr geprüft werden. Während der ganzen Ge-

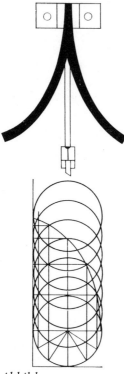

5 Innerhalb von Metallwangen, die in einer Zykloidenkurve geformt sind, kann ein Pendel nur so schwingen, daß sein Gewicht ebenfalls eine Zykloidenkurve, keinen Kreisbogen, beschreibt. Eine Zykloide ist eine Kurve, die von einem Punkt auf einem Kreisumfang, der auf einer Geraden entlangrollt, beschrieben wird.

6 Die erste Uhr mit Pendel wurde im Jahr 1656 gebaut. Diese Abbildung der geöffneten Uhr stützt sich auf Huygens' Zeichnung und zeigt, wie die Spindelhemmung den Schwung des Pendels bis zu einem gewissen Grad beeinträchtigt haben muß; darunter litt die Genauigkeit der Uhr.

7 Die Ankerhemmung brachte größere Genauigkeit, denn der Schwung des Pendels wurde unmittelbar auf den Anker übertragen. Die Abbildung zeigt, wie das Pendel, das nach links geschwungen ist, Ankerflügel A zwischen zwei Zähne des Rades zwingt. Der Schwung nach rechts hebt A, und das Zahnrad, von dem Gewicht (hier nicht gezeigt) angetrieben, rückt weiter, bis es von dem abwärts bewegten Flügel B angehalten wird.

Abbildung 5

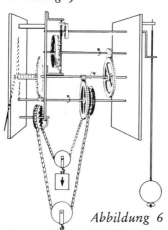

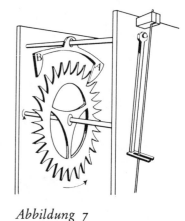

Abbildung 6   *Abbildung 7*

schichte ist der Maßstab für die Zeit letztlich von astronomischen Beobachtungen abgeleitet worden. Im Laufe der Zeit führte das dazu, daß Stunde, Minute und Sekunde als Bruchteile einer Umdrehung der Erde um ihre Achse definiert wurden, wie man sie durch sorgfältige Beobachtung der scheinbaren täglichen Umdrehung der Himmelssphäre her-

Abbildung 8

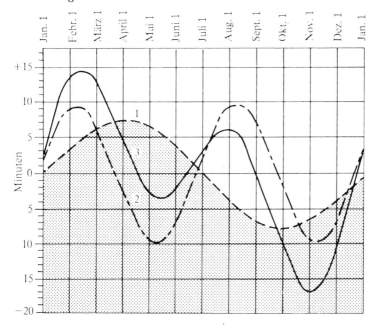

Die Kurve der »Zeitgleichung« (3) ist das Ergebnis zweier Komponenten. Weil die Umlaufbahn der Erde eine Ellipse ist und die Entfernung Erde—Sonne im Lauf der Jahreszeiten zu- und abnimmt, ergeben sich Verschiebungen (Kurve 1). Weil die scheinbare Bewegung der Sonne am Himmel entlang der Ekliptik nicht am Äquator verläuft, scheint sie zu verschiedenen Jahreszeiten »rascher« oder »langsamer« zu laufen (Kurve 2). Addiert man diese, erhält man Kurve 3 — den Betrag, um den sich an jedem beliebigen Datum der scheinbare Tag (derjenige, den die Sonnenuhr anzeigt) vom mittleren Tag (den die mechanische Uhr anzeigt) unterscheidet.

ausfand. Es gibt jedoch verschiedene Möglichkeiten, das zu tun. Gewöhnlich ist es zweckmäßig, die Zeit durch die der Stellung der Erde im Verhältnis zur Sonne zu definieren, und der *mittlere Sonnentag* ist die Periode einer Umdrehung der Erde im Verhältnis zur Sonne unter Berichtigung aller bekannten Unregelmäßigkeiten. Weil die Umlaufbahn der Erde nicht ganz kreisförmig ist, bleibt die relative Geschwindigkeit der Sonne nicht genau gleichförmig. Weil außerdem die scheinbare Bewegung der Sonne am Himmel nicht entlang den Himmelsäquator verläuft (d. h. der Projektion des Erdäquators an den Himmel), verändert sich ihre Geschwindigkeit parallel zum Äquator. Deshalb wird zum Zweck der Zeitmessung eine »mittlere Sonne« definiert, die sich im Geschwindigkeitsdurchschnitt der wahren Sonne bewegt. Der Unterschied zwischen der mittleren Sonnenzeit und der wahren Sonnenzeit — wie sie jede Sonnenuhr angibt — wird »Zeitgleichung« genannt. Sie kann positiv oder negativ sein: positiv, wenn der wahre Mittag vor dem mittleren Mittag liegt, und negativ, wenn der mittlere Mittag vor dem wahren Mittag liegt. Viermal im Jahr ist die Zeitgleichung gleich Null: am 15. April, 15. Juni, 31. August und 24. Dezember. Die mittlere Sekunde ist definiert als 1/86 400 des mittleren Sonnentages.

Trotz ihrer Zweckmäßigkeit im Alltag ist die Sonnenzeit schwerer genau zu bestimmen als die Sternzeit, die auf der Zeit des Durchgangs eines Sternes durch den Meridian beruht. Der Meridian ist die Projektion des Längenkreises auf der Erdoberfläche, auf dem die Messungen vorgenommen werden, an den Himmel. Die Zeitspanne zwischen zwei aufeinanderfolgenden Durchgängen desselben Sternes oder derselben Sterngruppe ist der *Sterntag*. Da die Sonne infolge des Umlaufs der Erde um die Sonne im Lauf eines Jahres (etwa 365¼ Tage) eine vollständige Umdrehung ostwärts im

Verhältnis zu den Sternen zu machen scheint, sieht es aus, als ob sie sich an einem Tag um $1/365^{1}/_{4}$ einer vollständigen Umdrehung von $360°$ nach Osten bewegt. Das ist etwas weniger als ein Grad. Daraus folgt, daß der Sonnentag etwa vier Minuten länger als der Sterntag ist. Mittlerer Sonnentag $= 1,0027379093$ Sterntage; diese Formel stützt sich auf Beobachtungen, die sich über zwei Jahrhunderte erstrekken.

Die Standardisierung der Zeitmessung hängt mit der Gründung der Königlichen Sternwarte in Greenwich im Jahr 1675 zusammen. In jenen Tagen hatten vor allem Seeleute das Bedürfnis nach genauer Zeit. Ohne eine Uhr, die die Greenwicher Zeit genau einzuhalten vermochte, war es unmöglich, die Länge des Standorts eines Schiffes auf See zu bestimmen, und es geschah häufig, daß sich ein Schiff Hunderte von Meilen von seinem Kurs entfernte. Die Vervollkommnung des Schiffschronometers durch John Harrison um 1760 war ein Markstein in der Geschichte der praktischen Standardisierung der Zeit. Fast fünfzig Jahre vorher hatte die britische Regierung ein Gesetz erlassen, das jedem Belohnungen von zehntausend, fünfzehntausend und zwanzigtausend Pfund Sterling versprach, der Chronometer konstruierte, die den Bedingungen auf See gewachsen waren und die Länge mit einer Genauigkeit von sechzig, vierzig bzw. dreißig Meilen bestimmen konnten. Harrisons Instrument wurde auf einer Reise nach Jamaika geprüft. Bei der Rückkehr nach Portsmouth stellte sich heraus, daß der Chronometer etwas unter zwei Minuten nachging. Das bedeutete, daß die Länge eines Schiffsstandorts mit einer Genauigkeit von achtzig Meilen bestimmt werden konnte. Harrison forderte deshalb die volle Belohnung von zwanzigtausend Pfund, doch mit der üblichen Vorsicht in solchen Dingen zahlte ihm die Regierung lediglich Vorschüsse, und erst im Jahr 1773, als Harri-

Abbildung 9

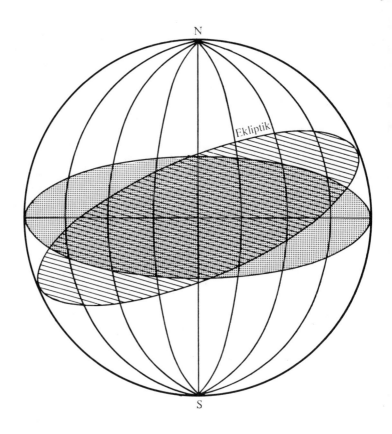

Die Projektion des Erdäquators und der Längenmeridiane an den Himmel ist der übliche Weg, irgendein Objekt am Himmel zu lokalisieren. In dieser Projektion ist der scheinbare Weg der Sonne, die Ekliptik, ein Kreis, der den »Äquator« zweimal im Winkel von $23^{1}/2^{\circ}$ schneidet; das ist der Winkel, um den die Erdachse gegen die Ebene ihrer Umlaufbahn geneigt ist.

son bereits achtzig war, erhielt er die volle Zahlung. Drei Jahre später starb er.

Die Möglichkeit, die Greenwicher Zeit an jeden Ort des Erdballs zu »befördern«, führte schließlich zu einer wichtigen Veränderung in der Zeitmessung selbst. Denn da sich die Sonnenzeit, die auf der Erdumdrehung basiert, für jeden Längengrad um vier Minuten ändert, hielt man es um 1885 für notwendig, den Erdball in eine Reihe von Standard-Zeitzonen einzuteilen. Das hat mit dem Aufkommen der raschen Luftreisen in den letzten Jahrzehnten zu einer völlig neuen Krankheit, der Flug-Dysrhythmie oder Zeitzonen-Erschöpfung, geführt, an der viele leiden, die eine lange Flugreise in westlicher oder östlicher Richtung unternehmen. Diese Erkrankung ist die Folge des Widerspruchs zwischen der äußeren Lokalzeit und der Stoffwechseluhr des Körpers, die das Auf und Ab der Energieabgabe, der Verdauung und anderer Funktionen regelt. Wenn ein Reisender New York gegen Mittag verläßt und sieben Stunden später in London landet, wo es Mitternacht ist, dann läutet die Stoffwechseluhr nach Nahrung und Energieverbrauch — zur falschen Zeit. Infolgedessen fühlt man sich müde und gereizt, und der Zustand kann ein, zwei Tage anhalten, ehe sich der Körper darauf einstellt.

Wenn es auch für den Alltag zweckdienlich ist, den Erdball in verschiedene Zeitzonen einzuteilen, die Wissenschaftler benutzen für astronomische und geophysikalische Zwecke auf der ganzen Welt eine einheitliche Zeit, die *Weltzeit*. Sie wird definiert als die mittlere Sonnenzeit des Meridians von Greenwich und wird auf der Grundlage von vierundzwanzig Stunden, um Mitternacht beginnend, berechnet. Ein anderes Verfahren, das sich als nützlich für chronologische Berechnungen langer Perioden erwiesen hat, besteht darin, nach *Julianischen Tagen* zu zählen, wie es als erster der große klassische Gelehrte Josef Scaliger im Jahr 1582 vorgeschlagen hat. Jeder Julianische Tag beginnt um 12 Uhr Weltzeit und beginnt mit Tag 0 am 1. Januar 4713 v. Chr. Der Julianische Tag, der am 1. Januar 1970 begann, erhielt die Nummer 2 440 588. Der Vorteil der Julianischen Tage liegt darin, daß man auf diese Weise die Unregelmäßigkeiten in der Länge von Monaten und Jahren vermeidet.

GENAUE ZEIT

Bevor die Königliche Sternwarte in Greenwich gegründet wurde, nahmen die Astronomen allgemein an, daß die tägliche Umdrehung der Erde gleichförmig sei. Der erste Königliche Astronom, John Flamsteed, erkannte, daß diese Annahme möglicherweise nicht zutraf. Bereits im Jahr 1675 schrieb er in einem Brief an Richard Towneley: »Es ist fraglich, ob die tägliche Rückkehr irgendeines Meridians auf unserer Erde zu einem Fixstern zu allen Zeiten des Jahres gleich und isochron ist.« Wenn auch die öffentliche Zeitrechnung (im Unterschied zur astronomischen Zeit) immer noch auf der Erdumdrehung beruht, wissen wir jetzt doch, daß diese kleinen Unregelmäßigkeiten unterworfen ist. Die Erde ist ein fester Körper, von Wasser und Luft umgeben, und die Umdrehungszeit variiert leicht von einer Jahreszeit zur anderen. Sie wird außerdem ganz allmählich durch die Reibungswirkung der Gezeiten verlangsamt. Dazu treten von Zeit zu Zeit andere kleine Veränderungen in der Umdrehungsgeschwindigkeit der Erde auf, die unvorhersehbar sind.
Im Jahr 1963 wies J. W. Wells von der Cornell-Universität

darauf hin, daß die jährlichen Wachstumsbänder bei fossilen Korallen aus täglichen Wachstumswülsten bestehen. Man hat die täglichen Wachstumswülste je Jahresband ausgezählt und dadurch die Anzahl von Tagen im Jahr bis zurück zur Mitte der Devonzeit vor fast vierhundert Millionen Jahren bestimmen können. Ferner hat man herausgefunden, daß die Länge des Tages vor sechshundert Millionen Jahren weniger als einundzwanzig Stunden betrug.

Die Erde dreht sich nicht nur um ihre Achse; sie bewegt sich auch um die Sonne. Die natürliche Zeiteinheit, die diese

Abbildung 10

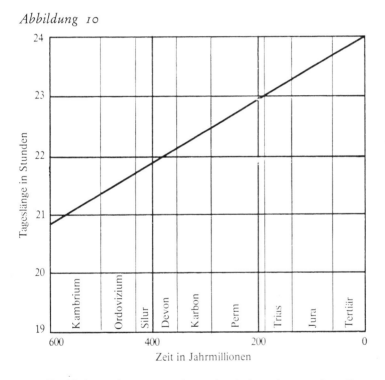

Die allmähliche Verlangsamung der Erdumdrehung hat zu einer Verlängerung des Tages von weniger als 21 Stunden im Kambrium auf heute 24 Stunden geführt.

97

Abbildung 11

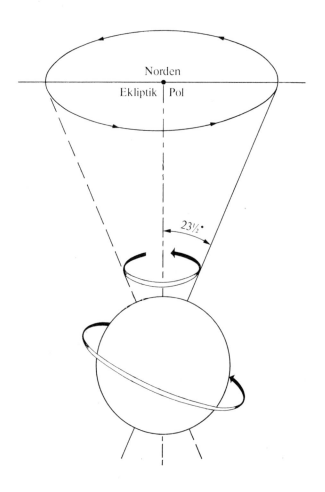

Norden

Ekliptik | Pol

$23\frac{1}{2}°$

Die Achse der Erde beschreibt wie die eines Kinderkreisels eine kreisförmige Bahn, wobei sie präzessiert. Welcher Stern der Polarstern ist, ist keineswegs konstant.

Bewegung dem Menschen liefert, wird *tropisches Jahr* genannt. Das ist die Zeitspanne zwischen zwei aufeinanderfolgenden Durchgängen der Sonne durch die Frühjahrs-Tagundnachtgleiche. Das ist derjenige Punkt am Himmelsgewölbe, an dem die Sonne die Projektion des Erdäquators auf dieses Gewölbe im Frühjahr schneidet. Nach dem auf diese Weise errechneten Jahr werden Jahreszeiten und Kalender berechnet, doch es handelt sich nicht genau um die Zeitspanne zwischen zwei aufeinanderfolgenden Durchgängen der Sonne durch diese am Himmel festgelegten Punkte, weil die Tagundnachtgleiche eine Rückläufigkeit von 50,2 Bogensekunden im Jahr aufweist. Diese Präzession ist auf die Schwerkraftanziehung von Sonne und Mond auf die Äquatorialwulst der Erde zurückzuführen, die die Erdachse dazu zwingt, wie die Achse eines Kinderkreisels zu präzessieren — die Periode dieser Präzession beträgt etwa 25 800 Jahre. Das tropische Jahr ist gleich 365,2422 mittleren Sonnentagen, während das Sternjahr gleich 365,2564 solchen Tagen ist.

Wegen der kleinen unvorhersehbaren Abweichungen in der Umdrehungsgeschwindigkeit der Erde hatten sich die Astronomen entschlossen, im Jahr 1956 eine genauere Zeiteinheit einzuführen, die auf dem Umlauf der Erde um die Sonne beruht. Diese Einheit, die Sekunde der *Ephemeriszeit,* weicht leicht vom durchschnittlichen Wert der mittleren Sonnensekunde ab. Sie ist definiert als 31556925,9747. Teil des tropischen Jahres 1900.

In den letzten paar Jahren ist es wegen der wachsenden Forderung nach Messungen von höchster Genauigkeit notwendig geworden, einen fundamentaleren Zeitmaßstab zu schaffen, als er sich von astronomischen Beobachtungen überhaupt ableiten läßt. Ein solcher Maßstab ist die natürliche Periode charakteristischer elektromagnetischer Wellen, die von einem schwingenden Atom oder Molekül erzeugt werden. Diese elektromagnetischen Wellen, die auf besondere Schwingungsarten zurückzuführen sind, besitzen eine sehr präzise Frequenz und bilden im Spektrum scharfe »Linien«. Optische Spektrallinien sind nicht als Zeitmaßstab geeignet, weil wir keine Möglichkeit haben, ihre Frequenz direkt zu messen. Doch bestimmte Atome erzeugen Radiowellen, deren Frequenzen unmittelbar meßbar sind. Vor über zehn Jahren veranlaßte diese Entdeckung den britischen Physiker L. Essen dazu, die Cäsium-Atomuhr — oder den Frequenzstandard — zu entwickeln. Cäsiumatome erzeugen Radiowellen von etwa 9 200 Megahertz, was einer Wellenlänge von ungefähr 3 Zentimeter entspricht. Das liegt glücklicherweise innerhalb des Wellenlängenbereichs, der für Radar benutzt wird, und elektronische Verfahren für die Handhabung dieser Frequenzen sind mittlerweile hoch entwickkelt.

Der für die Cäsium-Uhr benutzte Schwingungstyp unterscheidet sich völlig von den Schwingungen eines Pendels. Ein Atom von Cäsium 133 hat einen recht schweren Kern, umgeben von einer Anzahl von Schalen — wie Zwiebelhäute —, jede mit Elektronen gefüllt. Die äußerste Schale weist nur ein einziges Elektron auf, das »Spin« besitzt, d. h. sich dreht wie ein Kreisel. Der Kern besitzt ebenfalls Spin, und dabei gibt es zwei Möglichkeiten: das Elektron kann Spin im gleichen Sinn (der gleichen Richtung) wie der Kern haben — oder im entgegengesetzten Sinn. Durch Zuführung von ein wenig Energie kann das Elektron dazu gebracht werden, den Sinn seines Spins zu ändern. Wenn es einige Zeit später den ursprünglichen Sinn des Spins wieder annimmt, wird die vorher zugeführte Energie in Form eines Ausbruchs von Radiowellen mit einer Frequenz von 9 200 Megahertz wieder freigesetzt.

Die Uhr besteht im wesentlichen aus einem kleinen Funksender, der auf die Frequenz der Cäsiumatome eingestellt ist. Das von dem Sender erzeugte, schwingende Magnetfeld bringt diese Atome zur Resonanz, wenn die Frequenz korrekt ist, genau wie eine Sängerin ein Weinglas zum Schwingen bringen und es sogar zerspringen lassen kann, indem sie auf dessen natürlicher Frequenz singt. Das Magnetfeld kann mit äußerster Schärfe auf die Atomschwingungen eingestellt werden. Das allgemeine Prinzip, das der Messung von Radiofrequenzen zugrunde liegt, läßt sich mit dem vergleichen, das beim Stimmen eines Klaviers (Stimmgabel und menschliches Ohr) angewendet wird. Die Rolle des Ohres übernimmt eine Radioröhre und die der Stimmgabel eine Normfrequenz, die ständig eingeschaltet bleibt. Von dieser aus wird eine andere Frequenz aufgebaut, die derjenigen sehr nahe kommt, die bestimmt werden soll; der kleine Unterschied ruft eine langsame Schwebung hervor, die leicht zu messen ist. Wenn etwa die sich beim Messen einer Frequenz von 200 000 Megahertz ergebende Schwebung zwei Hertz in der Sekunde betrüge und diese lediglich mit Hilfe einer Stoppuhr auf ein Prozent genau gemessen würde, dann wäre die Gesamtgenauigkeit dieser sehr einfachen Messung ein Zehnmillionstel. An diesem Beispiel sehen wir, weshalb die Frequenzmessung zur genauesten aller physikalischen Messungen führen kann. Überdies hat eine Normfrequenz, also ein Maßstab für die Frequenz, im Vergleich zu anderen Maßstäben, etwa dem der Länge, den großen Vorteil, daß sie, durch Funk übertragen, uns an jedem Ort zur Verfügung steht, wo es einen geeigneten Funkempfänger gibt.

Die Cäsium-Uhr kann so eingestellt werden, daß die Genauigkeit zwei Billionstel beträgt — das entspricht einem Falschgehen der Uhr um eine Sekunde in 150 000 Jahren. Sie ist von astronomischen Zeitbestimmungen völlig unab-

Abbildung 12

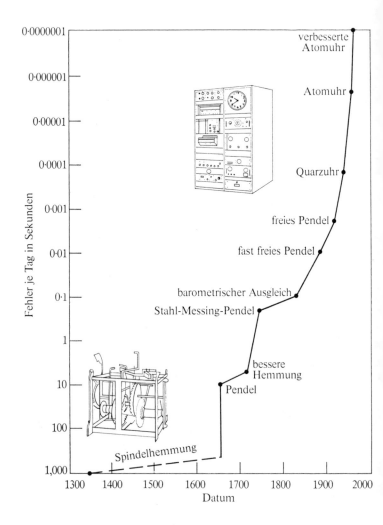

Von der Uhr der Burg Dover, gebaut Mitte des vierzehnten Jahrhunderts, die täglich eine Viertelstunde nach- oder vorgehen konnte, bis zu der letzten Verfeinerung der Atomuhr hat sich die theoretisch erreichbare Zeitmessung ungefähr in Form einer Exponentialreihe verbessert.

hängig und läßt sich mit einer Genauigkeit reproduzieren, die größer ist als alles, was bisher bei solchen Bestimmungen erreicht werden konnte. Infolgedessen wurde im Jahr 1967 eine neue Definition der Sekunde eingeführt, die auf der natürlichen Periode eines Atoms basiert und nicht mehr auf der Bewegung von Himmelskörpern. Sie wurde definiert als die Dauer von 9 192 631 770 Perioden der Strahlung von Cäsium 133.

Bis Ende 1971 war infolge kleiner unvorhersehbarer Veränderungen in der Erdumdrehung die Greenwicher Mittlere Zeit (GMT) im Vergleich mit der Internationalen Atomzeit 9,9 Sekunden zurückgeblieben, seit die beiden am 1. Janur 1958 genau gleich eingestellt worden waren. Deshalb wurde die GMT am 31. Dezember 1971 um eine Zehntelsekunde zurückgestellt, damit der Unterschied genau zehn Sekunden betrug. Den Unterschied ganz zu beseitigen wäre sinnlos, da jede Sternwarte ihre eigene Korrektur im Hinblick auf die GMT vornehmen muß, je nachdem, wie weit sie west- oder ostwärts von Greenwich liegt. Um sicherzustellen, daß der Unterschied konstant zehn Sekunden beträgt, wird, sobald nötig, eine Schaltsekunde eingeschoben werden. Es ist jedoch nicht davon die Rede, die Atomzeit an die Stelle der GMT zu setzen, die — wie seit fast hundert Jahren — die Grundlage für die Zeitmessung der Welt bleiben wird. Man ist jedoch international übereingekommen, durch entsprechende Neubenennung der gleichförmigen Atomsekunde die Atomzeit im Gleichschritt mit der GMT zu halten.

Obwohl die moderne Vorstellung von der Zeit auf dem Gedanken des linearen Fortschreitens beruht, sind alle bisher besprochenen Uhren und anderen Zeitmessungssysteme von im wesentlichen zyklischen Prozessen abhängig. Den ersten Vorschlag, einen linearen Prozeß für die Zeitmessung zu benutzen, scheint der Astronom Edmund Halley im Jahr 1715 gemacht zu haben. Er wies darauf hin, daß die See infolge der Ansammlung salzhaltigen Materials, das von den Flüssen ins Meer getragen wird, salzig geworden sei, und bedauerte, daß die alten Griechen uns nicht »den Grad der Salzhaltigkeit des Meeres von vor zweitausend Jahren überliefert haben«, damit der Unterschied zwischen der damaligen und der heutigen Salzigkeit benutzt werden könnte, um das Alter der Ozeane zu schätzen.

Halleys Vorschlag wurde Ende des neunzehnten Jahrhunderts wiederaufgenommen. Ausgehend von der Annahme, daß die Urozeane Süßwasser enthielten und daß die heutige Menge gelösten Natriums, das die Flüsse mit sich brachten, als Durchschnitt für die gesamte geologische Zeit gelten könne, berechnete John Joly im Jahr 1899, daß etwa 90 Millionen Jahre verstrichen seien, seit sich die Ozeane gebildet haben. Diese Schätzung war, wie wir jetzt wissen, viel zu niedrig, zum Teil schon, weil sich nicht das ganze aus dem Gestein gelöste Natrium im Meer sammelt, sondern einiges durch Verdunstung wieder in den Kreislauf zurückkehrt oder ins Landesinnere geweht wird, und zum anderen, weil sich einiges in marinen Sedimenten ablagert. Außerdem ist es überaus unwahrscheinlich, daß die Zunahme des Salzgehalts der Ozeane gleichmäßig vor sich ging. Man nimmt an, daß die Landgebiete heute weit höher aus dem Wasser aufragen als in der Vergangenheit. Infolgedessen sind die Flüsse viel aktiver. Deshalb ist das Tempo, mit dem Natrium heute von ihnen im Meer abgelagert wird, vermutlich weit höher als der Durchschnitt in der Vergangenheit.

Die von Halley vorgeschlagene Natriumuhr ist unbrauchbar, weil uns die beteiligten Faktoren nicht ausreichend bekannt sind. Andere nichtzyklische Uhren, die man im neunzehnten Jahrhundert vorschlug, um das Alter von Erde und Sonne zu messen, beruhten auf Annahmen, die anscheinend schwer zu widerlegen waren. Diese Messungen betrafen den Wärmeverlust. Die Temperaturen in tiefen Bergwerken weisen eine ziemlich gleichmäßige Zunahme im Verhältnis zur Tiefe auf, was darauf hinweist, daß die Wärme vom heißen Inneren der Erde zur kühleren Außenrinde fließt, wo sie entweicht. Dieser Wärmeverlust läßt sich messen, und Lord Kelvin hat behauptet, daß die Erde kühler werden müsse und in der Vergangenheit wärmer gewesen sei. Auf Grund des jetzigen Wärmeflusses errechnete er die Größenordnung der Zeit, die verstrichen ist, seit die Oberfläche der Erde geschmolzen war, und kam zu dem Schluß, daß es zwischen 20 und 40 Millionen Jahre seien.

Dieses Ergebnis entsprach im allgemeinen einer unabhängigen Berechnung des Sonnenalters. Nachdem das Gesetz der Energieerhaltung aufgestellt worden war, hatte Helmholtz das Problem der Quelle der Sonnenstrahlung studiert. Chemische Verbrennung wurde rasch als völlig unzureichend ausgeschlossen. Helmholtz erklärte, daß der einzige Mechanismus, der die Sonnenwärme für mehr als ein paar tausend Jahre aufrechterhalten könne, die Freisetzung von Energie durch Schwerkraftzusammenziehung sei. Auf Grund dieser Hypothese berechnete Kelvin, daß die Schrumpfung der Sonne zu ihrer jetzigen Größe ihr nicht erlaubt haben könne, länger als bisher etwa 50 Millionen Jahre zu strahlen.

Kelvins Berechnungen riefen sowohl bei den Geologen als auch bei den Anhängern Darwins Bestürzung hervor, nach deren Auffassung Temperaturverhältnisse, die seit viel längerer Zeit Leben auf der Erde ermöglichten, nötig waren. Trotzdem ließen sich diese Berechnungen nicht zurückweisen, so lange nicht neue Quellen für die Aufrechterhaltung der Wärme von Erde und Sonne gefunden worden waren. Die Entdeckung der Radioaktivität durch Henri Becquerel im Jahr 1896 und die darauf folgende Erforschung ihrer Rolle bei geologischen Prozessen lösten das Dilemma. Lord Rayleigh berechnete die Wärme, die von radioaktiven Mineralen in der Erdrinde erzeugt wird, und zeigte, daß sie den Wärmefluß an der Oberfläche durchaus erklärt. Deshalb war klar, daß frühere Schätzungen des Alters der Erde, die auf ihrer Abkühlung basierten, viel zu niedrig waren. Die von Becquerels Entdeckung ausgelöste Forschungsrichtung führte schließlich auch zum Verständnis der thermonuklearen Prozesse, die man heute als Grund für die Sonnenwärme betrachtet. Diese bedeuten ein weit längeres Zeitmaß, als es sich Helmholtz und Kelvin vorstellten.

Die Entdeckung der Radioaktivität war buchstäblich epochemachend, da sie zu neuen und weit genaueren Methoden zur Messung der geologischen Zeit führten. Im Jahre 1902 formulierten Rutherford und Soddy ihr berühmtes Gesetz, nach dem die Zahl der Atome eines radioaktiven Elements, die in einer gewissen Zeiteinheit zerfallen, der Zahl der noch vorhandenen Atome des Elements proportional sind. Dieses Gesetz gründet sich auf die Tatsache, daß die Wahrscheinlichkeit, ob ein Atom zerfällt, unabhängig von seinem Alter, der Temperatur, dem Druck und anderen physikalischen Merkmalen seiner Umgebung ist. Es hängt lediglich von dem betreffenden Element ab, weil Radioaktivität auf Instabilitäten in der Kernstruktur zurückzuführen ist, und der Zerfall lediglich von diesen Instabilitäten bestimmt wird. Mit anderen Worten: Radioaktiver Zerfall ist im wesentlichen eine Kernerscheinung, bei der es um weit größere Energien geht, als sie den chemischen Bindungen und den verschiedenen äußeren physikalischen Einflüssen entsprechen, denen das Element vielleicht ausgesetzt ist. Daraus folgt, daß die Quote des Kernzerfalls bei einem bestimmten Element als Mittel zur Zeitmessung verwendet werden kann. Das ist das in der Natur herausragende Beispiel einer nichtzyklischen, einer linearen Uhr.

In der Praxis werden zwei Arten von Kernuhren zur Zeitmessung benutzt: die Zerfallsuhr und die Akkumulationsuhr. Außer Uran, Aktinouran und Thorium sind alle natürlich auftretenden radioaktiven Elemente durch eine Kernreaktion aus anderen Elementen entstanden. Wenn ein radioaktives Element in einem konstanten Tempo in einer bestimmten Umgebung produziert wird, nimmt seine Menge zu, bis es zu einem anhaltenden Gleichgewicht zwischen Produktion und Zerfall kommt, so daß der vorhandene Gesamtbetrag konstant bleibt. Wenn davon dann ein Teil entfernt und so gelagert wird, daß kein neues Material hinzukommt, dann zerfällt dieser Teil nach dem Rutherford-Soddy-Gesetz, und das Verhältnis der nach einer bestimmten Zeit übriggebliebenen Menge zu der ursprünglich isolierten Menge wird zu einem Maßstab dieser Zeit.

Eine brauchbare Maßeinheit ist die *Halbwertszeit,* definiert als die Zeit, in der die Hälfte irgendeiner Menge des radioaktiven Elements zerfällt. Nach dem Rutherford-Soddy-Gesetz ist das für jedes Element eine feste Zeitspanne, für die die vorhandene Menge im Prinzip keine Rolle spielt. Praktisch funktionieren Zerfallsuhren jedoch häufig nach etwa zehn Halbwertszeiten nicht mehr befriedigend — vermutlich wegen des Fehlers bei der Bestimmung des noch übriggebliebenen Materials (etwa ein Tausendstel der ursprünglichen Menge).

Die bekannteste Zerfallsuhr ist die Kohlenstoff-14-Datierung. Kohlenstoff 14 wird in der oberen Atmosphäre als Ergebnis der kosmischen Höhenstrahlung produziert: Die kosmischen Strahlenpartikeln zerstören viele Atomkerne und erzeugen dabei auch einige Neutronen. Diese Neutronen werden von dem Stickstoff der Atmosphäre absorbiert, der dann ein Proton abstrahlt und sich so in Kohlenstoff 14 verwandelt. Dieses radioaktive Isotop des gewöhnlichen Kohlenstoffs hat eine Halbwertszeit von etwa 5 700 Jahren. Diese Zeit ist so kurz, daß man als gewiß voraussetzen darf, daß es ursprünglich keinen Kohlenstoff 14 gab. Der neu entstandene Kohlenstoff 14 wird rasch in die Kohlensäure der Atmosphäre und damit in den Kohlenstoffkreislauf aufgenommen, so daß eine Pflanze oder irgendein anderer Organismus, der Kohlensäure absorbiert, einen verhältnismäßigen Anteil von diesem radioaktiven Kohlenstoff erhält. Wenn der Organismus aufhört, Kohlensäure zu absorbieren — beispielsweise wenn die Pflanze stirbt —, dann beginnt die Kohlenstoff-14-Uhr nachprüfbar zu ticken, weil sich nämlich der Anteil des radioaktiven Kohlenstoffs im gewöhnlichen Kohlenstoff stetig nach dem Zerfallsgesetz vermindert. Diese Datierungsmethode hängt von zwei wichtigen Voraussetzungen ab: daß die Quote der Kohlenstoff-14-Produktion in der Atmosphäre innerhalb der Periode, für die diese Methode angewendet werden kann (bis zu vierzig-, fünfzigtausend Jahren), einigermaßen konstant geblieben ist und daß die Aufnahme von Kohlenstoff 14 durch den Organismus im Vergleich zu der zu messenden Zeit rasch vor sich gegangen ist. Im allgemeinen sind diese Voraussetzungen erfüllt, wenn sich auch in den letzten Jahren herausgestellt hat, daß die Kohlenstoff-14-Produktion in der Atmosphäre infolge von

Schwankungen bei der Intensität des Eindringens kosmischer Strahlen aus dem Weltraum nicht ganz gleichmäßig gewesen ist. Außerdem muß berücksichtigt werden, daß der Mensch durch das Verbrennen von Kohle und Erdöl und durch die Explosion thermonuklearer Systeme den Kohlenstoffgehalt der Atmosphäre verändert. Trotz dieser Komplikationen hat diese »Radiocarbon-Datierung« Archäologen und anderen Wissenschaftlern ein leistungsfähiges neues Instrument geliefert, das Ergebnisse von grundlegender Bedeutung geliefert hat. Beispielsweise ist es möglich geworden, die Umhüllungen der Schriftrollen vom Toten Meer mit einer Genauigkeit von ± 100 Jahren zu datieren. Außerdem konnte man die erstaunliche Entdeckung machen, daß der Mensch erst vor etwa 11 000 Jahren in Nordamerika auftauchte und bald danach in Mittel- und Südamerika.

Die andere Art der Atomuhr beruht auf der Ansammlung einer bestimmten Menge eines Tochterelements, das durch den Zerfall eines radioaktiven Mutterelements produziert wird. Die Uhr beruht auf der Annahme, daß die Zahl der Atome des Tochterelements, die zu einem bestimmten Zeitpunkt vorhanden sind, gleich der Zahl der Atome des Mutterelements ist, die zerfallen sind; die letztere Zahl ergibt eine Zeit, die sich leicht nach dem Rutherford-Soddy-Gesetz errechnen läßt. Diese Annahme ist richtig, vorausgesetzt, daß es keine Störung von außen in dem System gibt und daß keine Atome des Tochterelements bereits vorhanden gewesen sind, als sich das System bildete. Unter diesen beiden Einschränkungen ist die zweite gewöhnlich die schwerwiegendere. Von vielen Gesteinen nimmt man an, daß sie die erste Bedingung für den Zweck der Altersbestimmung recht gut erfüllen, aber einige Atome des Elements, das der Zerfallsprozeß produziert, waren ursprünglich fast immer vorhanden. Infolgedessen konnte man nicht davon ausgehen, daß damals keine vorhanden gewesen seien, sondern mußte Verfahren finden, mit deren Hilfe man abschätzen konnte, wie viele tatsächlich da waren. Das gemessene Verhältnis zwischen den Mengen von Mutter- und Tochterelementen, die zu einer bestimmten Zeit vorhanden sind, kann also dazu benutzt werden, das Alter des Systems zu bestimmen.

Von den vielen langlebigen radioaktiven Elementen sind nur Uran, Kalium und Rubidium für Akkumulationsuhren benutzt worden. Man verwendet diese häufig. Die stabilen Endprodukte des Uranzerfalls sind Helium und Blei. Schon 1906 unternahm Rutherford den ersten Versuch, das Alter von Mineralien mit Hilfe des Verhältnisses ihres Gehalts an Uran und Helium zu messen. Er gelangte zu einem Alter von 500 Millionen Jahren für zwei Proben uranhaltiger Mineralien, erkannte jedoch, daß dies das Minimum sein müsse, da diese Mineralien nicht kompakt, sondern porös sind und ein Teil des Heliums bereits entwichen sein muß. Inzwischen ist immer wieder festgestellt worden, daß die meisten Uran-Helium-Datierungen ein zu geringes Alter ergeben; deshalb wird dieses Verfahren heute nur selten angewendet.

Im Jahr 1907 veröffentlichte B. B. Boltwood, ein amerikanischer Chemiker, Uran-Blei-Datierungen für verschiedene Mineralien, die von 410 bis 2 200 Millionen Jahren reichten. Wenn auch spätere Erkenntnisse zeigten, daß Boltwood verschiedene komplizierende Faktoren nicht berücksichtigt und dadurch gewöhnlich ein etwas zu hohes Alter erhalten hatte, so bewies seine Arbeit doch, daß die Uran-Blei-Datierung als Uhr für den Aufbau einer verhältnismäßig zuverlässigen quantitativen Skala der geologischen Zeit benutzt werden konnte. Daß diese Akkumulationsuhr gute Ergebnisse bringt, ist auf die sehr lange Halbwertzeit von Uran 238 (4 500 Millionen Jahre) zurückzuführen. In den letzten Jahren konnten unsere auf diese Weise erlangten Kenntnisse über die geologische Zeit durch Kalium-Argon- und Rubidium-Strontium-Datierungen bestätigt und ergänzt werden.

ZEITSKALEN

Sowohl bei der Entwicklung moderner, supergenauer künstlicher Uhren — etwa der Cäsiumuhr —, die sich für die Messung sehr kurzer Zeitspannen eignen, als auch bei der Verwendung natürlich vorkommender radioaktiver Uhren für die Bestimmung sehr langer Zeiträume geht man davon aus, daß sich alle Atome eines bestimmten Elements ohne Rücksicht auf Ort und Epoche völlig gleich verhalten. Letztlich beruht die Zeitskala deshalb auf unserer Auffassung von den universalen Naturgesetzen. Das wurde im Prinzip schon anerkannt, bevor diese praktischen Entwicklungen stattfanden, vor allem von dem großen französischen Mathematiker und Wissenschaftsphilosophen Henri Poincaré, einem Vetter des Staatsmanns Raymond Poincaré, der während des Ersten Weltkriegs Präsident von Frankreich war.

In einem vor fast siebzig Jahren geschriebenen Aufsatz erklärte Henri Poincaré, daß wir uns zwar durchaus deutlich vorstellen können, was wir meinen, wenn wir sagen, eine bestimmte, uns bewußt gewordene Tatsache liege früher oder später als eine andere oder gleichzeitig mit ihr, daß wir aber keine unmittelbare intuitive Erkenntnis über die Gleichheit zweier Zeitspannen hätten. Statt dessen hänge jede Behauptung der Gleichheit zweier Zeitspannen von einer Definition ab, die ein gewisses Maß an willkürlicher Entscheidung erfordere. Das liege daran, daß selbst die besten physikalischen Chronometer hin und wieder korrigiert werden müßten. Er wies darauf hin, daß sich die Astronomen nicht mit der Umdrehung der Erde als eines genauen Zeitmaßes begnügten, da die Gezeiten diese verlangsamten. Deshalb ist eine scheinbare leichte Beschleunigung der Mondbewegung festzustellen. Diese Beschleunigung wurde auf der Grundlage der Newtonschen Gesetze berechnet. Mit anderen Worten: Man setzte voraus, daß die Zeit so definiert werden solle, daß Newtons Gesetze bestätigt werden. Falls man sich zu einer anderen Art der Zeitmessung entschlösse, würden die Newtonschen Gesetze vermutlich eine kompliziertere Form annehmen. Infolgedessen, so argumentierte Poincaré, bedeute die von den Astronomen stillschweigend angenommene Definition, daß die Zeit auf eine Art definiert werden müsse, bei der die Gleichungen der Mechanik so einfach wie möglich sind. Um seine Worte zu zitieren: »Der eine Weg, die Zeit zu messen, ist nicht richtiger als ein anderer; der, der allgemein anerkannt wird, ist nur *zweckdienlicher*. Wir haben nicht das Recht, von zwei Uhren zu sagen, daß die eine richtig, die andere falsch gehe; wir können nur sagen, daß es vorteilhaft ist, sich nach der ersten zu richten.« Poincaré scheint allerdings übersehen zu haben, daß verschiedene physikalische Gesetze völlig verschiedene Zeitskalen zur Folge haben können, die nicht miteinander übereinstimmen. Ist beispielsweise die Zeit, die nach dem Gesetz des radioaktiven Zerfalls von Uran 238 mit einer Halbwertszeit von etwa 4 500 Millionen Jahren gemessen wird, die gleiche wie die, die von Newtons Gesetzen der Dynamik und Schwerkraft impliziert wird, die Zeit also, die erst während der letzten dreihundert Jahre verwendet worden ist, um die Bewegungen der Planeten zu studieren? Das ist eine Frage, auf die wir bisher noch keine Antwort wissen.

KAPITEL 5

Zeit und Relativität

Die Erfindung mechanischer Uhren, die, wenn sie korrekt reguliert wurden, viele Jahre lang stetig tickten, stärkte die Überzeugung von der Gleichförmigkeit und Kontinuität der Zeit. Diese Merkmale sind auch in der Auffassung von der physikalischen Zeit enthalten, die Galilei im dynamischen Teil seines berühmten Buches *Gespräche und mathematische Demonstrationen über zwei neue Wissenszweige,* 1638 veröffentlicht, vertrat. Wenn er auch nicht als erster die Zeit als eine geometrische Gerade darstellte, so wurde er doch durch seine in diesem Buch erläuterte Theorie der Bewegung zum einflußreichsten Vorkämpfer dieser Vorstellung.

Die erste ausführliche Erörterung des Begriffs der mathematischen Zeit finden wir in den *Geometrischen Vorlesungen* von Isaac Barrow, geschrieben etwa dreißig Jahre nach Erscheinen von Galileis Buch. Barrows Ansicht über die Natur der Zeit sind nicht nur an sich schon sehr interessant, sondern auch deshalb wichtig, weil sie Newton beeinflußten, der im Jahr 1669 Barrows Lehrstuhl für Mathematik in Cambridge übernahm. Barrow erklärte, daß die Mathematiker, eben weil sie den Ausdruck Zeit häufig verwendeten, eine klare Vorstellung von der Bedeutung des Wortes haben müßten, da sie sonst, wie er sagte, Scharlatane seien. Obwohl die Zeit durch Bewegung meßbar ist, unterschied Barrow zwischen beiden sehr sorgfältig:

Zeit bezeichnet nicht eine tatsächliche Existenz; sondern eine bestimmte Kapazität oder Möglichkeit für die Kontinuität der Existenz; genau wie Raum eine Kapazität für darinliegende Länge ist. Zeit setzt, soweit ihre absolute und eigentliche Natur betroffen ist, Bewegung ebensowenig voraus, wie sie Ruhe voraussetzt. Ob sich die Dinge bewegen oder ruhig sind, ob wir schlafen oder wachen, die Zeit setzt den gleichmäßigen Gang ihres Weges fort. Die Zeit setzt Bewegung voraus, um meßbar zu sein; ohne Bewegung nehmen wir den Ablauf der Zeit nicht wahr. Wir müssen die Zeit offenbar als mit stetigem Fluß ablaufend betrachten; deshalb muß sie mit einer leicht vorstellbaren stetigen Bewegung verglichen werden, etwa mit der Bewegung der Sterne und besonders der von Sonne und Mond.

Barrow wies darauf hin, daß

genaugenommen die Himmelskörper nicht die ersten und ursprünglichen Maßstäbe der Zeit sind, das sind vielmehr jene Bewegungen, die rund um uns her von den Sinnen beobachtet werden und unseren Erfahrungen zugrunde liegen, da wir die Regelmäßigkeit der Himmelsbewegungen mit Hilfe dieser beurteilen. Nicht einmal die Sonne selbst ist ein würdiger Richter der Zeit, noch darf sie als glaubwürdiger Zeuge anerkannt werden außer insoweit, als Zeitmeßgeräte ihre Glaubwürdigkeit durch ihre Zustimmung bekunden.

Barrow betrachtete die Zeit als einen im wesentlichen mathematischen Begriff, der große Ähnlichkeit mit einer Linie aufweist, denn sie besitzt ausschließlich Länge, ist sich in all ihren Teilen gleich und kann entweder als einfache Addition aufeinanderfolgender Augenblicke oder als der kontinuierliche Fluß eines Augenblicks betrachtet werden. Er meinte, sie könne, um seine eigenen Worte zu zitieren, »entweder als gerade oder als kreisförmige Linie« dargestellt werden. Obwohl die Erwähnung einer »kreisförmigen Linie« hier zeigt, daß sich Barrow nicht völlig von traditionellen Vorstellungen befreit hatte, geht seine Erklärung doch weiter als jede Äußerung Galileis, denn dieser benutzte nur Abschnitte von Geraden, um bestimmte Zeitabschnitte zu bezeichnen. Barrow hütete sich jedoch davor, den Vergleich zwischen Zeit und Linie zu weit zu treiben. Die Zeit war seiner Ansicht nach »die Dauer einer jeden Sache in ihrem eigenen Sein«, und an einer Stelle, auf die wir noch zurückkommen werden, bemerkte er: »Ebensowenig glaube ich, daß es jemand gibt, der nicht anerkennt, daß jene Dinge, die gemeinsam entstanden und vergangen sind, gleiche Zeit existiert haben.«

Barrows Vorstellung, daß die Zeit ohne Rücksicht darauf, »ob sich die Dinge bewegen oder ruhig sind, ob wir schlafen oder wachen, den gleichmäßigen Gang ihres Weges fortsetzt«, hat ein Echo in der berühmten Definition zu Beginn von Newtons *Mathematischen Prinzipien der Naturlehre (Principia)* aus dem Jahr 1687 gefunden. »Die absolute, wahre und mathematische Zeit«, schrieb Newton, »fließt von sich aus und vermöge ihrer eigenen Natur gleichmäßig und ohne Beziehung zu irgend etwas Äußerem.« Newton gab zwar zu, daß es in der Praxis vielleicht keine gleichförmige Bewegung gäbe, nach der die Zeit genau gemessen werden könnte, aber er hielt es für notwendig, daß im Prinzip ein idealer Geschwindigkeitsmesser der Zeit existiere. Infolgedessen war er der Ansicht, daß die Momente der absoluten Zeit eine kontinuierliche Folge bildeten wie die Punkte auf einer geometrischen Linie, und er glaubte, daß die Geschwindigkeit, mit der diese Momente aufeinander folgen, unabhängig von allen einzelnen Ereignissen und Prozessen sei.

Newtons Vorstellung von der absoluten Zeit, die eigenständig existiert, stimmt überein mit der Vorstellung des gesunden Menschenverstandes. Wir haben allgemein den Eindruck, die Zeit sei etwas, was weder Anfang noch Ende haben kann und unabhängig von allem, was je geschieht, fortdauern muß. Newtons Ansichten übten starken Einfluß auf den Philosophen John Locke aus, dessen *Versuche über den menschlichen Verstand* im Jahr 1690, nur drei Jahre nach Newtons *Principia*, veröffentlicht wurden. Darin finden wir die klarste Definition des wissenschaftlichen Zeitbegriffs, der im siebzehnten Jahrhundert entwickelt wurde. Locke schrieb:

Dauer ist sozusagen nur die Länge einer einzigen geraden Linie, verlängert in infinitum, keiner Vielheit, Veränderlichkeit oder Gestalt fähig, sondern sie ist das eine gemeinsame Maß aller nur denkbaren Existenz, an dem alle Dinge, während sie existieren, gleichmäßig teilhaben. Denn dieser gegenwärtige Moment ist allen Dingen gemeinsam, die jetzt vorhanden sind, und umfaßt gleichfalls jenen Teil ihrer Existenz so sehr, als ob sie alle nur ein einziges Wesen wären; und wir dürfen mit Recht sagen, sie alle existieren in demselben Moment der Zeit.

Trotz des Anklangs, den Newtons Vorstellung von der absoluten Zeit als mit gleichmäßiger Geschwindigkeit und unabhängig von allem, was tatsächlich in der Welt vor sich geht, fließend — so daß sie als ebendieselbe fortdauern würde, wenn auch das Universum völlig leer wäre —, bei Laien fand, ist sie von Philosophen häufig und mit Recht kritisiert worden. Diese Vorstellung geht davon aus, daß die Zeit eine Art Ding sei, und schreibt diesem die Funktion des Fließens zu. Wenn die Zeit etwas wäre, was fließt, dann bestände sie selbst aus einer Reihe von Ereignissen in der Zeit, doch das wäre sinnlos. Wenn man überdies die Zeit isoliert, »ohne Beziehung zu irgend etwas Äußerem«, betrachten könnte, wie Newton sagt, welche Bedeutung könnte dann der Erklärung beigemessen werden, daß ihr Fluß nicht gleichmäßig sei? Und wenn nicht einmal der Möglichkeit des nichtgleichmäßigen Flusses irgendwelche Bedeutung beigemessen werden kann, welchen Sinn hat es dann überhaupt, zu sagen, daß sie »gleichmäßig fließt«?

Hier könnte vielleicht eingewendet werden, diese Kritik sei gut und schön, aber sie berücksichtige nicht, daß Newton kein Philosoph in der modernen Bedeutung des Ausdrucks, sondern ein Wissenschaftler war, der sich in erster Linie mit der praktischen Anwendung seiner grundlegenden Ideen beschäftigt habe. Leider ist aber seine Definition der absoluten Zeit ohne jede praktische Anwendungsmöglichkeit! Wir können nur Ereignisse und aktuelle Prozesse in der Natur beobachten und unsere Zeitmessung auf sie stützen. Newtons Zeitbegriff setzt voraus, daß es eine einzige Reihe von Momenten gibt und daß Ereignisse von diesen zwar unterschieden sind, aber einige von ihnen »besetzen« können. Newton sah sich nicht nur veranlaßt, diesen Begriff zu akzeptieren, weil er den Wunsch hatte, ein ideales Zeitmaß zu erlangen, das die Schwierigkeit ausglich, eine wirklich genaue *praktische* Zeitskala zu bestimmen, sondern auch weil er überzeugt war, es müsse letztlich eine absolute Zeit in der Natur geben.

Die Vorstellung, daß Momente absoluter eigenständiger Zeit existieren, wurde von Newtons Zeitgenossen Leibniz abgelehnt. Leibniz behauptete vielmehr, daß Ereignisse grundlegender seien. Seiner Ansicht nach waren Momente lediglich abstrakte Begriffe — Klassen oder Gruppen gleichzeitiger Ereignisse. Leibniz definierte die Zeit nicht als ein

Ding an sich, sondern einfach als die Ordnung, in der Ereignisse geschehen. Leibniz gründete seine Zeitphilosophie auf den Grundsatz, daß nichts geschieht, ohne daß es einen Grund gibt, weshalb es so und nicht anders ist. In einem Brief an Clarke argumentierte er:

> *Angenommen, es fragte jemand, weshalb Gott nicht alles ein Jahr früher geschaffen hat, angenommen ferner, er wollte daraus den Schluß ziehen, Gott habe da etwas getan, wofür sich unmöglich ein Grund finden läßt, weshalb er so und nicht anders gehandelt, so würde man ihm erwidern, daß seine Schlußfolgerung nur unter der Voraussetzung gilt, daß die Zeit etwas außer den zeitlichen Dingen sei. Denn dann wäre es freilich unmöglich, einen Grund zu finden, weshalb die Dinge — unter Annahme ihrer festen identischen Reihenfolge — eher in solche als in andere Augenblicke hätten hineingesetzt werden sollen.*

Damit sei bewiesen, behauptete Leibniz, daß es losgelöst von den Dingen gar keine Augenblicke geben könne. Infolgedessen könne man das Universum, wie es tasächlich ist, von dem, das ein Jahr früher geschaffen worden wäre, überhaupt nicht unterscheiden.

Leibniz' Theorie, daß Ereignisse entscheidender sind als Augenblicke, ist als *Theorie der relationalen Zeit* bekannt. Sie beruht auf der Vorstellung, daß wir die Zeit von den Ereignissen ableiten und nicht umgekehrt. Das bedeutet beispielsweise, daß wir zwei Ereignisse nicht deshalb als gleichzeitig betrachten sollen, weil sie den gleichen Augenblick einer absoluten Zeit einnehmen, sondern weil sich jedes Ereignis dann abspielt, wenn sich auch das andere abspielt. Für die zeitliche Korrelation von Ereignissen, die nicht gleichzeitig sind, können wir von folgender Vorstellung ausgehen:

Wir betrachten alle gleichzeitigen Ereignisse als einen von diesen gebildeten besonderen Zustand des Universums und diese Zustände als nacheinander stattfindend, so wie Gestern, Heute und Morgen nacheinander stattfinden. Leibniz' Theorie wird heute als akzeptabler betrachtet als die Newtons, weil sie, wie wir noch sehen werden, eher mit der modernen Entwicklung der Physik übereinstimmt.

Im achtzehnten und neunzehnten Jahrhundert dominierte jedoch Newtons Ansicht, so daß zu Anfang dieses Jahrhunderts allgemein angenommen wurde, es gebe nur ein einziges universales Zeitsystem, das eigenständig existiere. Diese Überzeugung beschränkte sich nicht auf Wissenschaftler, sondern wurde von der zunehmenden Tendenz in der industriellen Gesellschaft begünstigt, das Leben der Menschen von der Uhr regulieren zu lassen. Diese Tendenz war eine Folge der Massenfertigung billiger Uhren. Selbst die Einteilung der Erdoberfläche in verschiedene Zeitzonen trug kaum dazu bei, den Glauben an die absolute und universale Natur der Zeit zu untergraben. Die Einführung der Sommerzeit in den meisten westeuropäischen Ländern, vor allem während der Kriege, zur besseren Ausnutzung des Tageslichts, löste in Großbritannien 1916 einen Proteststurm aus, und zwar nicht nur bei denen, die das als Störung empfanden, sondern auch bei jenen, die es empörend fanden, »Gottes eigene Zeit« zu manipulieren! Kultiviertere Menschen begriffen, daß Nullzeit und Zeiteinheiten vom Menschen geändert werden konnten, wenn es sich als zweckmäßig erwies, aber sie meinten, das seien die einzigen willkürlichen Einzelheiten in unserem Zeitbegriff, während alles andere bei der Zeit einzigartig und unveränderlich sei. Die Zeit wurde tatsächlich als eine sich bewegende Messerschneide betrachtet, die alle Orte des Universums gleichzeitig bestrich. Es herrschte allgemeine Übereinstimmung mit den Ansichten John Lockes, die wir oben zitierten, daß nämlich »Dauer das eine gemeinsame Maß aller nur denkbaren Existenz« ist und daß »dieser gegenwärtige Moment allen Dingen gemeinsam ist, die jetzt vorhanden sind«. Deshalb war es eine schwere Erschütterung, als Einstein im Jahr 1905 eine bisher nicht vermutete Lücke in der Theorie der Zeitmessung entdeckte, die ihn dazu veranlaßte, diese Annahmen zurückzuweisen und damit die ganze mit ihnen zusammenhängende Philosophie der Zeit.

UHREN IN RUHE UND UHREN IN BEWEGUNG

Einsteins Ausgangspunkt bei seinen Untersuchungen über die Natur der Zeit war der Wunsch, James Clerk Maxwells elektromagnetische Lichttheorie mit der übrigen Physik, die sich auf Newtons Gesetze der Mechanik gründete, in Einklang zu bringen. In einem der Zusätze zu diesen Gesetzen, die in seinen *Principia* vom Jahr 1687 formuliert sind, erklärt Newton: »Körper, die in einem Raum eingeschlossen sind, vollführen dieselben Bewegungen relativ zueinander, ob nun der Raum selbst unbewegt ist oder sich in einer gleichförmigen und geradlinigen Bewegung befindet.« Das bedeutet, daß alle rein mechanischen Experimente die gleichen Ergebnisse erbringen müssen, ob sie nun in einem ruhenden Laboratorium auf der Oberfläche der Erde oder, sagen wir, auf einem Schiff ausgeführt werden, das sich stetig in eine Richtung bewegt. Beispielsweise fällt ein Stein, den man losläßt, in beiden Fällen in einer geraden Linie und mit der gleichen konstanten Beschleunigung. Obwohl allgemein anerkannt wurde, daß dieses Prinzip der Relativität für materielle Körper galt, schien es zu Maxwells Theorie der elektromagnetischen Strahlung im Widerspruch zu stehen. Man glaubte nämlich, daß das Licht und andere elektromagnetische Erscheinungen wellenähnliche Störungen seien, die durch ein stationäres universales Medium, den leuchtenden Äther, mit einer Geschwindigkeit (gewöhnlich mit dem Buchstaben c bezeichnet) von etwa 300 000 km die Sekunde fortgepflanzt würden. Trotz des großen Erfolges von Maxwells Theorie — für Hertz der Anlaß, das Vorhandensein von Radiowellen zu demonstrieren — gab es ernste begriffliche Schwierigkeiten im Zusammenhang mit dem Äther, durch den sich das Licht fortpflanzen sollte.

Eines der verwirrendsten Probleme ergab sich für Einstein, als er sechzehn Jahre war. Er versuchte sich vorzustellen, was er beobachten würde, wenn er mit der gleichen Geschwindigkeit wie ein Lichtstrahl durch den Äther raste. Nach der heutigen Vorstellung von relativer Bewegung müßte der Lichtstrahl dann als ein räumlich schwingendes elektromagnetisches Feld *in Ruhe* erscheinen. Doch eine solche Konzeption war in der Physik unbekannt und stand im Widerspruch zu Maxwells Theorie. Einstein gelangte zu der Vermutung, daß nicht nur die Gesetze der Mechanik, sondern auch alle anderen Gesetze der Physik, einschließlich derer über die Fortpflanzung des Lichts, für alle Beobachter die gleichen bleiben müßten, wie schnell sie sich auch bewegen mochten, und zwar selbst dann, wenn dies zu der Hypothese vom lichtfortpflanzenden Äther im Gegensatz stände. Die Überzeugung wuchs in ihm, daß das Prinzip der Relativität nicht nur für Erscheinungen der Mechanik, sondern auch für die elektromagnetischen gilt und daß die Lichtgeschwindigkeit nicht nur für alle Beobachter in relativer Ruhe dieselbe ist, sondern auch für die in gleichgerichteter relativer Bewegung zueinander.

Dennoch sah sich Einstein erst nach jahrelangem Nachdenken gezwungen, diesen Schluß anzuerkennen, der im Widerspruch zu den traditionellen Vorstellungen vom Messen von Bewegungen stand. Schließlich begann er die Annahme zu analysieren, die unserer Art der Bewegungsmessung zugrunde liegt, und erkannte, daß sie davon abhängig sein muß, wie wir die Zeit messen. Ihm wurde klar, daß die Zeitmessung von der Idee der Gleichzeitigkeit abhängt — mit seinen eigenen Worten: »Alle unsere Urteile, in welchen die Zeit eine Rolle spielt, sind immer Urteile über *gleichzeitige Ereignisse.*« Diese Aussage ist, so wie sie hier steht, allerdings zu umfassend, aber Einstein meinte damit auch nur, daß alle *Messungen der Zeitdauer Urteile über die Gleichzeitigkeit* voraussetzen — d. h. vom Zusammenfallen in der Zeit eines Ereignisses mit, sagen wir, der bestimmten Zeigerstellung einer Uhr. Plötzlich wurde ihm klar, daß diese Vorstellung zwar ohne weitere Diskussion völlig einleuchtet, wenn es sich um Ereignisse in der unmittelbaren Nachbarschaft handelt, daß sie jedoch nicht für ferne Ereignisse zutrifft. Die entscheidende Stelle in seinem Aufsatz aus dem Jahr 1905 lautet:

Wollen wir die Bewegung eines materiellen Punktes beschreiben, so geben wir die Werte seiner Koordinaten in Funktion der Zeit. Es ist nun wohl im Auge zu behalten, daß eine derartige mathematische Beschreibung erst dann einen physikalischen Sinn hat, wenn man sich vorher darüber klargeworden ist, was hier unter »Zeit« verstanden wird. Wir haben zu berücksichtigen, daß alle unsere Urteile, in welchen die Zeit eine Rolle spielt, immer Urteile über gleichzeitige Ereignisse sind. Wenn ich z. B. sage: »Jener Zug kommt hier um 7 Uhr an«, so heißt dies etwa: »Das Zeigen des kleinen Zeigers meiner Uhr auf 7 und das Ankommen des Zuges sind gleichzeitige Ereignisse.«

*Es könnte scheinen, daß alle die Definition der »Zeit«
betreffenden Schwierigkeiten dadurch überwunden werden könnten, daß ich an Stelle der »Zeit« die »Stellung
des kleinen Zeigers meiner Uhr« setze. Eine solche Definition genügt in der Tat, wenn es sich darum handelt,
eine Zeit zu definieren ausschließlich für den Ort, an
welchem sich die Uhr eben befindet; die Definition genügt aber nicht mehr, sobald es sich darum handelt, an
verschiedenen Orten stattfindende Ereignisreihen miteinander zeitlich zu verknüpfen oder — was auf dasselbe
hinausläuft — Ereignisse zeitlich zu werten, welche an
von der Uhr entfernten Orten stattfinden.*

Einstein erkannte, daß der Begriff der Gleichzeitigkeit für
ein fernes Ereignis und für eins in der Nähe des Beobachters von der relativen Position des fernen Ereignisses und
der Art der Verknüpfung zwischen diesem fernen Ereignis
und der Wahrnehmung dieses Ereignisses durch den Beobachter abhängig ist. Wenn die Entfernung eines fernen Ereignisses und dazu die Geschwindigkeit des Signals bekannt
sind, das Ereignis und Beobachter miteinander verbindet,
dann kann der Beobachter die Epoche berechnen, in der das
Ereignis stattgefunden hat, und diese Epoche zu einem früheren Augenblick seiner eigenen Erfahrung in Beziehung
setzen. Diese Berechnung ist für jeden Beobachter eine se-
parate Operation, doch bevor Einstein diese Frage aufwarf,
wurde stillschweigend angenommen, daß, wenn wir erst die
Regeln gefunden haben, nach denen die Zeit der Wahrnehmung durch die Zeit des Ereignisses bestimmt wird, alle
wahrgenommenen Ereignisse in eine einzige objektive Zeit-
folge gebracht werden könnten, die für alle Beobachter die
gleiche ist. Einstein erkannte nicht nur, daß es eine Hypothese sei, anzunehmen, daß alle Beobachter, wenn sie rich-

tig rechnen, einem bestimmten Ereignis die gleiche Zeit zuschreiben, sondern er trug auch zwingende Gründe vor, weshalb diese Hypothese im allgemeinen abgelehnt werden müsse.

Einstein nahm an, daß es keine sofortigen Verbindungen zwischen äußeren Ereignissen und dem Beobachter gibt. Die klassische Zeittheorie mit ihrer Annahme der weitweiten Gleichzeitigkeit für alle Beobachter setzte dagegen voraus, daß es solche Verbindungen gebe. Einstein nahm jedoch als gegeben an, daß die rascheste Kommunikationsform durch elektromagnetische Signale — einschließlich der Lichtstrahlen und Radiowellen — im leeren Raum vor sich geht und daß die Geschwindigkeit dieser Signale für alle Beobachter, ob sie sich in relativer Ruhe befinden oder sich gleichförmig und gradlinig zueinander bewegen, die gleiche ist. Er betrachtete diese Annahme als eine Folge seines Grundsatzes, daß die Gesetze der Physik für alle solche Beobachter die gleichen seien. Er stellte fest, daß Beobachter, die gleichförmig zueinander bewegt werden, im allgemeinen dazu veranlaßt wurden, dem gleichen Ereignis verschiedene Zeiten zuzuschreiben, und daß eine sich bewegende Uhr, verglichen mit einer identischen Uhr, die sich im Hinblick auf den Beobachter in Ruhe befindet, scheinbar nachgehen würde. Bei den Geschwindigkeiten, denen wir im alltäglichen Leben begegnen, ist diese Wirkung unbedeutend, doch je näher die relative Geschwindigkeit der sich bewegenden Uhr der Lichtgeschwindigkeit kommt, desto langsamer geht sie, verglichen mit der Uhr, die der Beobachter bei sich hat.

Einstein stellte ferner fest, daß nach seiner Theorie Newtons Bewegungsgesetze, die früher als Grundlage eines großen Teils der Physik betrachtet worden waren, modifiziert werden müßten, vor allem, wenn es um rasch bewegte Körper geht. Beispielsweise ergab sich nun, daß sich die träge

Masse eines Körpers, von der man früher annahm, sie sei nicht von seiner Bewegung abhängig, unbegrenzt vermehrte, je näher die Geschwindigkeit des Körpers der des Lichtes kommt. Infolgedessen ruft eine bestimmte Kraft, die auf den Körper einwirkt, immer kleinere Veränderungen seiner Geschwindigkeit hervor, je rascher er sich bewegt, und daraus ergibt sich, daß kein Materieteilchen jemals Lichtgeschwindigkeit erreichen kann.. Auf diese Weise löste Einstein sein ursprüngliches Problem hinsichtlich des Beobachters, der sich mit der gleichen Geschwindigkeit wie ein Lichtstrahl bewegt. Diese Bewegung ist physikalisch unmöglich. Vor allem kann keine Uhr auf diese Weise befördert werden: Wenn sich eine Uhr tatsächlich mit dieser Geschwindigkeit bewegen würde, bliebe sie stehen und zeigte immer dieselbe Zeit an!

Es ist bekannt, daß Einsteins spezielle Relativitätstheorie, wie sie genannt wurde, den Fehlschlag des Versuchs von Michelson-Morley, im Jahre 1887, fast zwanzig Jahre vor dem Erscheinen von Einsteins Aufsatz zum erstenmal durchgeführt, automatisch erklärte. Das Ziel dieses Experiments der beiden amerikanischen Physiker war es, die Bewegung der Erde im Hinblick auf den Äther zu bestimmen. Michelson glaubte, daß das sehr empfindliche Instrument, das er erfunden und Interferometer genannt hatte, ihm erlauben würde, diese Bewegung zu messen. Mit diesem Instrument sollten Interferenzmuster erzeugt werden, wenn zwei Lichtstrahlen wieder vereinigt wurden, nachdem man sie auf zwei senkrecht zueinander stehenden Armen gleicher Länge hin und her geschickt hatte. Diese Muster wurden bei verschiedener Ausrichtung der Arme miteinander verglichen und sollten einige Veränderungen zeigen, je nach Richtung der Arme im Verhältnis zur Erdbewegung. Obwohl die Erde im Verlauf eines halben Jahres ihre Geschwindigkeit im Verhältnis zur Sonne von dreißig Kilometer die Sekunde in einer Richtung bis zur gleichen Geschwindigkeit in der entgegengesetzten Richtung ändert, ergab der Versuch das Resultat Null, obwohl das Interferometer so empfindlich war, daß es Auswirkungen einer Geschwindigkeit von weniger als zehn Kilometer die Sekunde hätte feststellen müssen. Wenn es möglich gewesen wäre, diesen Versuch in jenen Tagen zu machen, als die Kopernikanische Theorie noch strittig war, dann hätte man das Ergebnis tatsächlich als schlüssigen Beweis dafür betrachtet, daß sich die Erde überhaupt nicht bewegt, sondern unbeweglich im Mittelpunkt des Weltalls steht! Eine solche Interpretation war im neunzehnten Jahrhundert natürlich nicht mehr möglich, deshalb mußte eine andere Erklärung für den Fehlschlag des Michelson-Experiments gesucht werden.

Anfang der neunziger Jahre des vorigen Jahrhunderts behaupteten Fitzgerald in Irland und Lorentz in Holland unabhängig voneinander, daß sich das Nullergebnis bei den Michelson-Versuchen erklären lasse, wenn man annähme, daß sich die Länge eines sich bewegenden Körpers durch seine Bewegung automatisch um einen bestimmten Faktor verringere, der von der Geschwindigkeit des Körpers abhänge. Dieser Faktor, jetzt als Lorentz-Fitzgerald-Kontraktion bezeichnet, wäre von einem Beobachter, der sich mit dem Körper bewegt, nicht feststellbar, da alle seine Instrumente auf die gleiche Weise beeinflußt würden. Dieser Gesichtspunkt veranlaßte Lorentz, Überlegungen über die Wirkung elektrischer Kräfte auf die elektronische und atomare Beschaffenheit der Materie mit dem Ziel anzustellen, zu erklären, warum diese Kontraktion in allen Formen der Materie auf gleiche Weise auftreten müsse.

Es war eins der großen Verdienste von Einsteins Theorie,

Abbildung 13

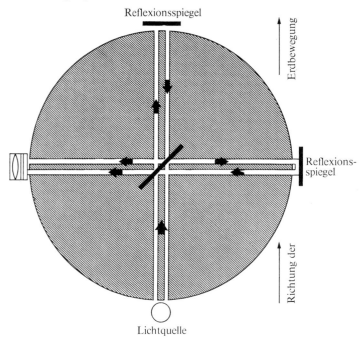

Reflexionsspiegel

Erdbewegung

Reflexions-spiegel

Richtung der

Lichtquelle

Vereinfachte Abbildung des Michelson-Morley-Versuchs. Ein Lichtstrahl wird von einem nur zur Hälfte belegten Spiegel zu zwei Strahlen halbiert, die Wege von gleicher Länge im rechten Winkel zueinander zurücklegen. Im Interferometer (links) wiedervereinigt, sollten sie, sowohl wenn die Ausrichtung des Gerätes verändert wurde als auch wenn sich die Richtung der Erdbewegung durch den hypothetischen »Äther« änderte, verschiedenartige Interferenzmuster bilden.

daß sie statt dieses komplizierten Begründungsversuchs *automatisch* das Michelson-Morley-Ergebnis erklärte, da nach Einsteins Theorie die Lichtgeschwindigkeit unveränderlich ist und deshalb auf beiden Armen des Interferometers dieselbe sein muß, ganz gleich, wie das Gerät orientiert oder bewegt wird. Michelsons Nullergebnis war deshalb ein starker Beweis für Einsteins Theorie. Darüber hinaus finden nach Einsteins Theorie infolge der Bewegung keine wirklichen strukturellen Veränderungen in der Beschaffenheit der Materie statt, sondern nur scheinbare Veränderungen, d. h. Veränderungen im Verhältnis zum Beobachter.

Das gleiche gilt für die Verlangsamung einer Uhr bei gleichförmiger Bewegung relativ zu einem Beobachter, verglichen mit der Zeit, wie sie eine ähnliche Uhr anzeigt, die sich relativ zu diesem Beobachter in Ruhe befindet. In Einsteins Theorie ist diese Erscheinung der »Zeitdilatation«, wie sie jetzt genannt wird, im wesentlichen eine Erscheinung des Messens, die auf alle Materieformen, einschließlich lebender Organismen, anwendbar und ein reziproker Effekt in folgendem Sinn ist: Wenn A und B zwei Beobachter sind, die sich relativ zueinander gleichförmig bewegen, dann scheint es A, daß die Uhr des B nachgeht, und ebenso hat B den Eindruck, daß die Uhr des A nachgeht. Wenn es gelänge, eine Uhr mit Lichtgeschwindigkeit zu bewegen, so würden ihre Zeiger — vom ruhenden Beobachter aus — unendlich langsam vorrücken.

Auf diese außergewöhnliche Folge seiner Zeittheorie (häufig als »Uhrenparadox« bezeichnet) wies Einstein schon in seinem Aufsatz vom Jahr 1905 hin. In einem Vortrag in der Sitzung der Zürcher Naturforschenden Gesellschaft im Januar 1911 brachte er es in eine anschaulichere Form, um nachdrücklich zu betonen, daß der Unterschied zwischen den Uhren um so größer sein würde, je näher die relative Geschwindigkeit der des Lichtes käme. Er sagte:

Am drolligsten wird die Sache, wenn man sich folgendes ausgeführt denkt: Man gibt dieser Uhr eine sehr große Geschwindigkeit (nahezu gleich c) und läßt sie in gleich-

förmiger Bewegung weiterfliegen und gibt ihr dann, nachdem sie eine große Strecke durchflogen hat, einen Impuls in entgegengesetzter Richtung, so daß sie wieder an die Ursprungsstelle, von der sie abgeschleudert worden ist, zurückkommt. Es stellt sich dann heraus, daß sich die Zeigerstellung dieser Uhr, während ihrer ganzen Reise, fast nicht geändert hat, während eine unterdessen am Orte des Abschleuderns in ruhendem Zustand verbliebene Uhr von genau gleicher Beschaffenheit ihre Zeigerstellung sehr wesentlich geändert hat. Man muß hinzufügen, daß das, was für diese Uhr gilt, welche wir als einen einfachen Repräsentanten alles physikalischen Geschehens eingeführt haben, auch gilt für ein in sich abgeschlossenes physikalisches System irgendwelcher anderer Beschaffenheit. Wenn wir z. B. einen lebenden Organismus in eine Schachtel hineinbrächten und ihn dieselbe Hin- und Herbewegung ausführen ließen wie vorher die Uhr, so könnte man es erreichen, daß dieser Organismus nach einem beliebig langen Fluge beliebig wenig geändert wieder an seinen ursprünglichen Ort zurückkehrt, während ganz entsprechend beschaffene Organismen, welche an den ursprünglichen Orten ruhend geblieben sind, bereits längst neuen Generationen Platz gemacht haben. Für den bewegten Organismus war die lange Zeit der Reise nur ein Augenblick, falls die Bewegung annähernd mit Lichtgeschwindigkeit erfolgte!

Die spezielle Relativitätstheorie erlaubt uns also, Isaac Barrows Ansicht zu bestätigen, daß »die Zeit die Dauer einer jeden Sache in ihrem eigenen Sein ist«, aber sie erlaubt uns nicht, Barrow uneingeschränkt zuzustimmen, wenn er fortfährt: »Ebensowenig glaube ich, daß es jemand gibt, der nicht anerkennt, daß jene Dinge, die gemeinsam entstanden und vergangen sind, gleiche Zeit existiert haben.«

Direkte Beweise für die Zeitdilatation brachte das Studium von Erscheinungen der kosmischen Strahlung. Elementarteilchen, die My-Mesonen genannt und von kosmischen Strahlenschauern erzeugt werden, zerfallen spontan; ihre durchschnittliche Lebensdauer (das ist die Zeit von der Produktion bis zum Zerfall, gemessen von einem sich mit ihnen bewegenden Beobachter) beträgt etwa zwei Mikrosekunden (zwei millionstel Sekunden). Diese Teilchen werden hauptsächlich in Höhen von etwa zehntausend Meter über der Erdoberfläche produziert. Infolgedessen müssen die im Laboratorium auf photographischen Platten beobachteten Teilchen diese Entfernung zurückgelegt haben. Doch in zwei Mikrosekunden würde ein Teilchen, das sich mit Lichtgeschwindigkeit fortbewegte, weniger als tausend Meter zurücklegen, und nach der Relativitätstheorie bewegen sich alle Materieteilchen mit einer geringeren als der Lichtgeschwindigkeit fort. Man hat jedoch feststellen können, daß die Geschwindigkeit dieser My-Mesonen der des Lichts sehr nahe kommt; der Faktor der entsprechenden Zeitdilatation liegt bei zehn. Das ist genau der Betrag, der die Erklärung liefert, warum diese Teilchen für den Beobachter im Laboratorium etwa zehnmal so weit zu wandern scheinen, als sie es könnten, wenn es diesen Effekt nicht gäbe.

In den letzten Jahren ist die Zeitdilatation häufig benutzt worden, um ähnliche Erscheinungen zu erklären, die bei Teilchen beobachtet worden sind, die sich in Hochenergiebeschleunigern nahezu mit Lichtgeschwindigkeit bewegen.

Einsteins spezielle Relativitätstheorie ist unvereinbar mit Newtons Begriff der absoluten Zeit, läßt sich jedoch als eine Fortentwicklung von Leibniz' Theorie der relationalen Zeit begreifen. Denn wenn sich Leibniz auch nur ein einziges Zeitsystem vorstellte, so läßt sich die Auffassung, daß sich die Zeit von den Ereignissen ableitet — was das Wesentliche an seiner Theorie ist —, doch mit dem Vorhandensein einer Vielfalt von Zeitsystemen, bezogen auf verschiedene Beobachter, vereinbaren.

Als Newton seine Vorstellung von der absoluten Zeit formulierte, bezog er sich sowohl auf die Reihenfolge einander folgender Ereignisse in der Zeit als auch auf das Tempo, mit dem sie aufeinander folgen. Seiner Ansicht nach sind diese deutlich verschieden: die zeitliche Ordnung oder »Vorher-und-nachher-Folge« der Ereignisse bestimmt nicht die Dauer der Zeit, die zwischen dem einen Ereignis und einem anderen verstreicht. Statt dessen glaubte er, daß das Tempo, mit dem Ereignisse einander folgen, von den entsprechenden Momenten absoluter Zeit bestimmt wird, mit der sie korreliert sind — dies nannte er den »Fluß« dieser Zeit. Leibniz' Definition der Zeit als der *Ordnung*, in der Ereignisse geschehen, erwähnt nicht die Dauer der Zeit und ist deshalb im Gegensatz zu der Newtons nicht unvereinbar mit dem Begriff der Zeitdilatation. Leibniz' Universum war aus Monaden (»Atome«, in verschiedenem Maß mit Fähigkeiten der Wahrnehmung ausgestattet) zusammengesetzt, die er als wechselseitig unabhängig betrachtete; doch sein berühmtes Prinzip der prästabilisierten Harmonie verlangte, daß die Zustände aller Monaden in jedem Augenblick einander entsprechen. Leibniz veranschaulichte dieses Prinzip durch

Abbildung 14

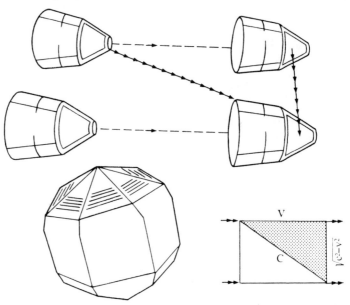

Die unveränderliche (invariante) Lichtgeschwindigkeit, die Einstein fordert, hat seltsame Auswirkungen auf die Zeit. Betrachten wir zwei Raumschiffe, die bei gleicher Geschwindigkeit Parallelkurs halten, während sie eine Raumstation passieren. Im Augenblick des Vorüberfliegens schickt das eine Raumschiff einen Lichtblitz zu dem anderen. Das empfangende Schiff sieht das Signal gerade herüberkommen, doch von der Station aus, die die Schiffe vorüberfahren sieht, wird es aussehen, als ob der Blitz diagonal verlaufen sei. Wir können das mit Hilfe des pythagoreischen Lehrsatzes klarer machen: Wenn die Raumschiffe die Station mit einem Tempo von v-Kilometern die Sekunde passieren, werden sie nach einer Sekunde v Kilometer weiter sein. Wenn die Lichtgeschwindigkeit c Kilometer die Sekunde beträgt, dann hat der Lichtblitz in dieser Sekunde c Kilometer zurückgelegt — von der Station aus gesehen. Doch von jedem der Schiffe aus ist er lediglich um die dritte Seite des Dreiecks, also um $V(c^2 - v^2)$ Kilometer weitergewandert. Diese Seite, die im rechten Winkel auf der Geraden steht, auf der sich die Raumschiffe bewegen, hat sowohl für den Beobachter auf der Raumstation als auch für die auf beiden Raumschiffen die gleiche Länge. (Letzteres trifft gleichermaßen auf die relativistische und die klassische Physik zu.) Sowohl von der Station als auch von jedem der Schiffe aus gemessen, ist die Lichtgeschwindigkeit die gleiche. Das kann aber nur bedeuten, daß in dem Schiff die Zeit langsamer verstreicht, wenn man sie mit der Uhr der Raumstation vergleicht, und natürlich umgekehrt, denn dies ist ein reziproker Effekt.

das Gleichnis von zwei Uhren, die so vollendet konstruiert sind, daß sie ohne jede gegenseitige Beeinflussung oder äußere Hilfe vollkommen gleich gehen. Infolgedessen ist Leibniz' Prinzip der prästabilisierten Harmonie, soweit es sich um den zeitlichen Aspekt des Weltalls handelt, das gleiche wie die Forderung nach einer einzigen Weltzeit. Wir müssen deshalb dieses Prinzip aufgeben, wenn wir Leibniz' Art und Weise, die Zeit zu betrachten, mit Einsteins Relativitätstheorie in Einklang bringen wollen.

Statt dessen setzen wir fest, daß jeder Beobachter — gleichgültig, ob in Ruhe oder in gleichförmiger relativer Bewegung — sein eigenes Zeitsystem hat. Wir können dann innerhalb des Rahmens der speziellen Relativitätstheorie Leibniz' Theorie der Zeit, die wir bisher erst vom klassischen Standpunkt aus behandelt haben, neu formulieren. Erstens definieren wir die *eigentliche Zeit* eines Beobachters als die Reihenfolge der Ereignisse, die örtlich auftreten. Mit anderen Worten, die eigentliche Zeit des Beobachters ist die Zeit, die die Uhr, die er bei sich trägt, anzeigt. Zweitens kann er jedem Ereignis, das anderswo geschieht, eine *koordinierte Zeit* zuschreiben, berechnet aus seiner Kenntnis der räumlichen Entfernung des Ereignisses von ihm, der eigentlichen Zeit, zu der er davon erfährt, und der Übermittlungsgeschwindigkeit des Signals, das das fragliche Ereignis mit ihm verbindet — gewöhnlich ein Licht-, Radio- oder sonstiges elektromagnetisches Signal. Bei einem Ereignis, das am Ort stattfindet, fallen koordinierte Zeit und eigentliche Zeit zusammen. Für einen bestimmten Beobachter definieren alle Ereignisse im gesamten Universum, denen er die gleiche koordinierte Zeit zuschreibt, einen »instantanen« Zustand des Universums; und die Aufeinanderfolge dieser Zustände definiert für ihn die Zeit als ganzes. Wir sehen also, daß uns Einsteins Theorie dazu führt, die Zeit als einen Aspekt der

Beziehungen zwischen dem Universum und dem Beobachter zu betrachten, während für Newton die Zeit unabhängig vom Universum und für Leibnitz ein Aspekt des Universums war.

Wir haben gesehen, daß nach der speziellen Relativitätstheorie die Zeitspanne zwischen zwei Ereignissen vom Beobachter abhängt und daß das mit Leibniz' Zeitvorstellung als der Reihenfolge der Erscheinungen vereinbar ist, wenn wir auf sein Prinzip der prästabilisierten Harmonie verzichten. Wir haben deshalb Leibniz' Definition der Zeit neu formuliert, so daß sie sich nicht mehr auf ein einziges Zeitsystem bezieht, sondern auf eine Vielfalt von Zeitsystemen, verbunden mit einer Vielzahl von Beobachtern. Wir könnten selbst dann, wenn das zeitliche *Intervall* zwischen den zwei Ereignissen E und F vom Beobachter abhängt, immer noch erwarten, daß die zeitliche *Ordnung*, in der sie stattfinden — beispielsweise Ereignis E vor Ereignis F —, unabhängig vom Beobachter ist, da die zeitliche Ordnung engstens mit unseren Vorstellungen von der Kausalität zusammenhängt. Doch im Gegensatz dazu ist es eine der schwerwiegendsten Folgen von Einsteins Theorie, daß *unter gewissen Umständen* die zeitliche Ordnung vom Beobachter abhängt.

Es ist nicht schwer, die Umstände zu nennen, unter denen das zustande kommt, wenn auch ohne Verwendung der Mathematik kein vollständiger Bericht darüber gegeben werden kann (vgl. Anhang auf Seite 207). Nehmen wir an, daß für einen Beobachter, in dessen Erfahrungsbereich E stattfindet, F jedoch nicht, F später erfolgt als E und daß der zeitliche Zwischenraum zwischen den beiden Ereignissen t, ihr räumlicher Abstand r ist. Wenn r kleiner als ct ist, wobei c die Lichtgeschwindigkeit bedeutet, ist es möglich, daß ein anderer Beobachter beide Ereignisse am Ort erlebt. Dazu ist nichts weiter erforderlich, als daß der zweite Beobachter bei Ereignis E mit dem ersten Beobachter zusammentrifft (dabei sollten ihre Uhren genau auf die gleiche Zeit eingestellt werden), sich danach in Richtung F mit der gleichförmigen Geschwindigkeit $\frac{r}{t}$ bewegt und am Ort von F in dem Augenblick eintrifft, wo F stattfindet. Da r kleiner als ct, wird die Geschwindigkeit dieses Beobachters (relativ zu dem ersten Beobachter) kleiner als die Lichtgeschwindigkeit sein, ist also nach der Theorie zulässig. Infolgedessen können die beiden Ereignisse E und F innerhalb des Ortserlebens eines bestimmten Beobachters liegen, und F findet in seiner Erfahrung nach E statt, wie im Anhang gezeigt wird. Die Beweisführung kann umgekehrt werden, so daß der erste Beobachter, wenn F im Erleben des zweiten Beobachters später erfolgt als E, F eine Epoche zuschreibt, die später als die von E liegt. Allgemeiner ausgedrückt: Es ist nicht schwer, zu beweisen, daß für alle in der speziellen Relativitätstheorie berücksichtigten Beobachter F nach E stattfindet.

Ähnlich ist die Situation, wenn r gleich ct ist; dann können E und F durch einen Lichtstrahl — oder ein anderes elektromagnetisches Signal — miteinander verbunden sein, da die mit $\frac{r}{t}$ angegebene Geschwindigkeit genau gleich c ist. Auch in diesem Fall findet F nach E statt, und zwar für alle Beobachter. (Wie wir bereits bemerkten, kann kein Beobachter und keine Uhr mit Lichtgeschwindigkeit befördert werden.) Falls r jedoch größer ist als ct, dann läßt sich kein Beobachter finden, der beide Ereignisse E und F erlebt, weil seine Geschwindigkeit relativ zum ersten Beobachter größer als c sein müßte. Und das ist unzulässig. Dagegen läßt sich aber, wie im Anhang gezeigt wird, ein Beobachter finden, für den F gleichzeitig mit E stattzufinden scheint, da das Zeitintervall zwischen ihnen gleich Null ist. Die

Geschwindigkeit dieses Beobachters relativ zum ersten Beobachter wird mit $\frac{c^2 t}{r}$ angegeben, und das ist weniger als c. Außerdem wird es Beobachter geben, deren Geschwindigkeit diesen Quotienten übersteigt, aber unter c bleibt und für die das Zeitintervall zwischen E und F negativ erscheint: mit anderen Worten, F wird als *vor* E stattfindend angesehen.

Die scheinbar paradoxe Tatsache, daß die zeitliche Ordnung gewisser Ereignisse tatsächlich durch entsprechende Auswechslung des Beobachters umgekehrt werden kann, ist eng damit verbunden, daß in der speziellen Relativitätstheorie kein kausaler Einfluß mit einer höheren als der Lichtgeschwindigkeit übermittelt werden kann, während man, ehe Einstein seine Theorie formulierte, stillschweigend annahm, daß instantane Übermittlungen möglich seien. Deshalb war es vor Entstehen der Relativitätstheorie sehr wichtig, daß die zeitliche Ordnung der Ereignisse absolut war, d. h. unabhängig vom Beobachter. Dagegen ist es in der relativistischen Physik ebenso wichtig, daß dies nur für Ereignisse zutrifft, die sich kausal durch einen Einfluß verknüpfen lassen, der mit einer die des Lichts nicht übertreffenden Geschwindigkeit übermittelt wird. Auf diese Weise findet man, daß Einsteins Zeittheorie trotz ihrer scheinbaren Paradoxe in sich folgerichtig ist, solange wir keine empirischen Beweise dafür haben, daß sich »Informationen« in der Natur rascher als das Licht fortpflanzen können.

KAPITEL 6

Zeit, Schwerkraft und Weltall

Wenn die relationale Zeittheorie heute auch allgemein anerkannt wird, so argumentierte doch Bertrand Russell noch im Jahr 1901 gegen die relationale Definition des Moments als eines speziellen Zustands der Welt. Er behauptete, es sei *logisch* nicht widersinnig, sich zwei identische Zustände der Welt, nacheinander und voneinander getrennt, vorzustellen. Tatsächlich wurde, wie wir gesehen haben, diese Möglichkeit vor dem Entstehen der modernen Naturwissenschaft weithin für richtig gehalten. Russell argumentierte, daß wir, wenn wir einen Moment als einen besonderen Zustand des Universums definieren, der logischen Widersinnigkeit gegenüberständen, daß zwei Momente sowohl verschieden als auch identisch sein könnten.

Um dieser Schwierigkeit auszuweichen, brauchen wir uns nicht auf Newtons Konzept von der absoluten Zeit zu beziehen. Russells Argument hebt nämlich einen wesentlichen Unterschied zwischen der Vorstellung von einer zyklischen *Welt* und einer wirklich zyklischen *Zeit* hervor. Die zyklischen Zeitkonzeptionen, die in vergangenen Jahrhunderten weitgehend anerkannt wurden, waren genaugenommen Ausdruck der Vorstellung, daß die Welt den gleichen Zyklus von Prozessen und Ereignissen ständig wiederholt. Wenn andererseits die Zeit selbst wirklich zyklisch wäre, dann wäre sie geschlossen wie ein Ring. Diese Vorstellung ist Unsinn. Denn wenn die Zeit in diesem Sinn zyklisch wäre, dann gäbe es keinen Unterschied zwischen der Welt, die einen einzigen Ereigniszyklus durchläuft, und der, die eine Folge identischer Zyklen durchmacht, da jeder Unterschied bedeuten würde, daß es eine im Grunde nichtzyklische Zeit gäbe, auf die die verschiedenen Zyklen bezogen und damit voneinander unterschieden werden könnten. Das gleiche Argument würde darüber hinaus für die Anfangs- und Endereignisse eines einzelnen Zyklus gelten. Denn wenn sie wirklich identisch wären, dann gäbe es gar keinen Sinn, sie als getrennt ablaufend zu betrachten. Wir können ja nicht einmal in der gewöhnlichen linearen Zeit eine Rundreise in dem Sinn machen, wie wir es im Raum können, denn wenn wir das könnten, würde es bedeuten, daß wir in unsere eigene Vergangenheit reisen und uns selbst etwas antun könnten, was uns, wie wir aus unserer Erinnerung bereits wußten, gar nicht zugestoßen ist. Infolgedessen müßten wir, wenn sich die Welt wiederholen sollte, die Wiederholung eines bestimmten Stadiums in der Geschichte der Welt als ein Ereignis betrachten, das sich von dem, das früher stattgefunden hat, eben doch unterscheidet. Das muß selbst dann so sein, wenn die Zeit relational und nicht absolut ist. Doch es ist wohl vorauszusetzen, daß man die Zeit als eine grundlegende Eigenschaft der Welt betrachtet, die auf nichts anderes zurückzuführen ist: Das Datum wird zu einem entscheidenden Merkmal eines Ereignisses.

Die Modifizierung der relationalen Zeittheorie entsprechend
den Forderungen von Einsteins spezieller Relativitätstheorie
bringt eine neue Komplikation in diese Beweisführung. Denn
wenn die Zeit ein Aspekt der Beziehung zwischen dem
Beobachter und der Welt ist, läßt sich demselben Ereignis
— je nach Wahl des Beobachters — eine Vielfalt von Daten
zuschreiben. Wie kann dann das Datum entscheidendes
Merkmal eines Ereignisses sein? Einsteins Kritik an dem
klassischen Konzept der Gleichzeitigkeit scheint die Möglichkeit einer *objektiven* Reihenfolge zeitlicher Zustände
des Universums endgültig zu beseitigen, da jeder Beobachter seine eigene Reihenfolge dieser Zustände hat und keiner dieser Beobachter irgendwie besonders bevorzugt sein
kann.

Obwohl es keinen einzelnen bevorrechtigten Beobachter in
der speziellen Relativitätstheorie gibt, gibt es hier eine be-
vorrechtigte *Klasse* von Beobachtern, nämlich all jene, die
sich im Zustand der Ruhe befinden oder relativ zueinander
gleichförmig bewegt werden. Die Bewegung dieser Beobachter wird als *inertial* bezeichnet, und ihre Bezugssysteme (hypothetische Gitternetze zur Lokalisierung von
Positionen relativ zu diesen Beobachtern) werden *Inertialsysteme* genannt. In der klassischen Physik gelten Newtons
Bewegungsgesetze — beispielsweise das Gesetz, nach dem sich
ein Teilchen, auf das nicht von einer äußeren Kraft einge-
wirkt wird, entweder in Ruhe oder in gleichförmiger Bewegung befindet — nur für Beobachter, deren Bezugssysteme
Inertialsysteme sind.

Entsprechend sind in der speziellen Relativitätstheorie die
neuen Bewegungsgesetze, die an die Stelle von Newtons Ge-

setzen treten, im Hinblick auf Inertialsysteme formuliert. Normalerweise beschäftigen uns in der speziellen Relativitätstheorie nur Inertialsysteme, doch in Einsteins allgemeiner Relativitätstheorie, die er etwa zehn Jahre nach der speziellen veröffentlichte, wird angenommen, daß alle möglichen Bezugssysteme in allen möglichen Bewegungsarten gleichberechtigt sind. Nach diesem *Prinzip der allgemeinen Kovarianz* gibt es überhaupt keine bevorrechtigten Beobachter. Infolgedessen wurde die Schwierigkeit, einem bestimmten Ereignis ein einziges Datum zuzuschreiben, noch größer, und es konnte deshalb nicht überraschen, daß der Begriff Zeit, zu dessen Verständnis Einstein in seinen früheren Arbeiten den größten Beitrag seit dem siebzehnten Jahrhundert leistete, in seinem späteren Werk nur noch eine untergeordnete Rolle spielte.

Das entscheidende Verbindungsglied in der Entwicklung von Einsteins Zeitvorstellung zwischen der Veröffentlichung seiner beiden Relativitätstheorien lieferte der Begriff der Raumzeit, den der berühmte Mathematiker Hermann Minkowski einführte und 1908 in seinem bekannten Vortrag vor einer wissenschaftlichen Versammlung in Köln erläuterte. Einstein folgend, argumentierte Minkowski, daß »niemand einen Ort anders bemerkt hat als zu einer Zeit, eine Zeit anders als an einem Ort«. Einen Raumpunkt zu einem Zeitpunkt nannte er einen »Weltpunkt« und die Gesamtheit aller denkbaren Weltpunkte die »Welt«. Ein Materieteilchen oder eine elektrische Partikel, die für eine unbestimmte Zeit Bestand haben, entsprechen in dieser Darstellung einer Kurve, die Minkowski eine »Weltlinie« nannte; deren Punkte können durch aufeinanderfolgende Zeitablesungen festgelegt werden; diese Zeitablesungen erfolgen — zumindest im Prinzip — an einer Uhr, die das Teilchen mit sich führt. »Die ganze Welt«, behauptete Minkowski, »erscheint

Abbildung 15

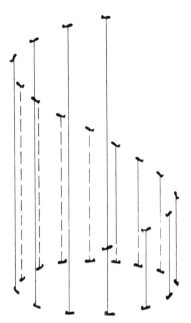

Ein Verkehrsflugzeug, das über einem Flughafen kreist, kann entweder als Kreis im dreidimensionalen Raum oder — wenn man die Zeitdimension hinzufügt — als Spirale dargestellt werden. Dies ist ein Beispiel für eine Weltlinie in der Raumzeit.

aufgelöst in solche Weltlinien, und ich möchte sogleich vorwegnehmen, daß meiner Meinung nach die physikalischen Gesetze ihren vollkommensten Ausdruck als Wechselbeziehungen unter diesen Weltlinien finden dürften.«
Minkowskis Ziel war es, einen neuen Ersatz für die absolute Zeit und den absoluten Raum Newtons zu finden, die Einstein abgeschafft hatte. An ihrer Stelle schlug er seine absolute »Welt« vor, die verschiedene »Projektionen« in Raum und Zeit für verschiedene Beobachter in gleichförmiger Bewegung liefert. Diese absolute »Welt« wurde später *Raumzeit* genannt.

Das Wesentliche an Minkowskis Analyse läßt sich schnell beschreiben. In der vorrelativistischen Physik sind sowohl die räumliche Entfernung als auch das zeitliche Intervall zwischen zwei gegebenen Ereignissen, die an verschiedenen Orten zu verschiedenen Zeiten stattfinden, invariant, d. h., sie haben für alle Beobachter den gleichen Wert. Nach der speziellen Relativitätstheorie ist, wie wir gesehen haben, keines eine Unveränderliche (Invariante): Ihre Werte unterliegen im Hinblick auf verschiedene Beobachter in gleichförmiger, zueinander relativer Bewegung der Lorentz-Fitzgerald-Kontraktion und der Zeitdilatation. Minkowski stellte für die spezielle Relativitätstheorie fest, daß für zwei beliebige Ereignisse (Weltpunkte), deren räumliche Entfernung und zeitliches Intervall auf eine bestimmte Weise miteinander verbunden sind, das sich ergebende »Raum-Zeit-Intervall« für alle Beobachter in Inertialbewegung das gleiche, d. h. invariant, ist. Dieses invariante Raum-Zeit-Intervall wird von folgender Regel definiert: Sein Quadrat ist gleich der Differenz der Quadrate des zeitlichen Intervalls und der räumlichen Entfernung zwischen den beiden betreffenden Weltpunkten; die Einheiten der Raum- und der Zeitmessung sind dabei so gewählt, daß die Lichtgeschwindigkeit berücksichtigt ist. In der Minkowskischen Raumzeit wird die Weltlinie eines jeden Beobachters oder Teilchens in gleichförmiger Bewegung oder in Ruhe als Gerade dargestellt. Eine der Besonderheiten der Geometrie in Minkowskis Welt besteht darin, daß es, während die Länge null hat, Weltlinien gibt, entlang denen die Raum-Zeit-Entfernung verschwindet. Sie sind als Lichtbahnen bekannt und stellen die Weltlinien des Lichts und anderer Formen elektromagnetischer Strahlung dar.

Minkowskis Konzeption der Raumzeit ist einer der wertvollsten Beiträge eines Mathematikers zur Physik. In seiner

Abbildung 16

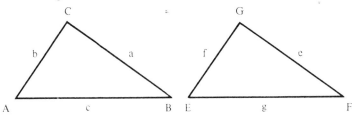

Wenn der Winkel bei C ein rechter Winkel ist, dann ist im Euklidischen Raum nach dem Lehrsatz des Pythagoras $c^2 = a^2 + b^2$. Wenn in Minkowskis Raumzeit E und F zwei Ereignisse sind, dann ist f das Zeitintervall und e die räumliche Entfernung zwischen ihnen; wenn ferner Maßeinheiten gewählt worden sind, die die Lichtgeschwindigkeit berücksichtigen, dann ist das Raum-Zeit-Intervall g zu errechnen aus: $g^2 = f^2 - e^2$. Man wird bemerken, daß g = o ist für den Fall, daß das Dreieck gleichschenkelig, also f = e, ist.

Begeisterung rief Minkowski aus: »Von Stund an sollen Raum für sich und Zeit für sich völlig zu Schatten herabsinken, und nur noch eine Art Union der beiden soll Selbständigkeit bewahren.« Diese berühmte, allerdings übertriebene Behauptung verminderte die Bedeutung der Zeit weit mehr als die des Raumes. Tatsächlich wurde Minkowskis Raumzeit als eine neue Art von Superraum betrachtet, in dem Ereignisse nicht geschehen, sondern in dem wir ihnen lediglich »begegnen«. Hermann Weyl drückte es so aus:

Die große Erkenntnis ... ist die, daß der Schauplatz der Wirklichkeit nicht ein dreidimensionaler Euklidischer Raum ist, sondern die vierdimensionale Welt, in der Raum und Zeit in unlöslicher Weise miteinander verbunden sind. So tief die Kluft ist, welche für unser Erleben das anschauliche Wesen von Raum und Zeit trennt — von diesem qualitativen Unterschied geht in jene objektive Welt, welche die Physik aus der unmittelbaren Erfah-

rung herauszuschälen sich bemüht, nichts ein. Sie ist ein vierdimensionales Kontinuum, weder »Raum« noch »Zeit«; nur das an einem Stück dieser Welt hinwandernde Bewußtsein erlebt den Ausschnitt, welcher ihr entgegenkommt und hinter ihr zurückbleibt, als Geschichte, als einen in zeitlicher Entwicklung begriffenen, im Raume sich abspielenden Prozeß.

Mit anderen Worten: Das Verstreichen der Zeit ist lediglich als eine Eigenschaft des Bewußtseins zu betrachten und hat keine objektive Ergänzung. Weyl vertrat wie Minkowski im wesentlichen die Ansicht des »Blockuniversums«, um einen von dem amerikanischen Psychologen und Philosophen William James geprägten Ausdruck zu benutzen, der besagt, daß die Welt wie ein Filmstreifen sei: Die Photos sind einfach da und werden uns nur vorgeführt. Nach dieser Auffassung ist, selbst wenn, wie Weyl sagte, das vierdimensionale Kontinuum weder »Zeit« noch »Raum« sei, die Leitvorstellung offensichtlich mehr räumlicher als zeitlicher Art.

Minkowskis Anregung folgend, gelangte Einstein zu dem Schluß, daß die objektive Welt der Physik im wesentlichen ein vierdimensionales Gebilde sei, dessen Auflösung in dreidimensionalen Raum und eindimensionale Zeit nicht für alle Beobachter gleich ist. »Es scheint deshalb natürlicher«, schrieb er, »sich die physikalische Wirklichkeit als ein vierdimensionales Sein statt wie bisher als *Evolution* eines dreidimensionalen Seins vorzustellen.«

Das Prinzip der allgemeinen Kovarianz — das besagt, daß
sich die Naturgesetze in der gleichen mathematischen Form
für *alle* möglichen Beobachter in *allen* Bewegungstypen ausdrücken lassen, so daß es keine besondere Klasse bevorrechtig-
ter Beobachter wie jene gibt, die nach der speziellen Relativitätstheorie mit Inertialsystemen verbunden waren —
wurde von Einstein auf einen allgemeineren Typ der Raumzeit angewendet als den, den Minkowski in die spezielle Relativitätstheorie eingeführt hatte. Wenn Einsteins
allgemeine Relativitätstheorie auch weitaus mehr kompli-
zierte Mathematik erfordert als seine spezielle, so war ihr
Ausgangspunkt doch ein neues physikalisches Prinzip im
Hinblick auf die Natur der Schwerkraft (Gravitation),
das Einstein im Jahr 1907 formuliert hatte, mehrere Jahre,
bevor er den Gedanken der allgemeinen Kovarianz verwendete. Der Ursprung dieses *Prinzips der Äquivalenz*, wie
er es nannte, war seine weitreichende Erkenntnis, daß
in jedem kleinen Gebiet, wo man die Schwerkraft als gleichförmig ansehen kann, alle Körper mit gleicher Beschleunigung fallen und deshalb relativ zueinander keine Beschleunigung erfahren. (Das ist eine Verallgemeinerung von Galileis Hypothese, daß das Schwerkraftfeld der Erde allen
fallenden Körpern die gleiche Beschleunigung verleiht.)
Bewegung in einem gleichförmigen Schwerkraftfeld ist deshalb gleichförmiger Bewegung im Hinblick auf ein Bezugssystem, das die entsprechende Beschleunigung aufweist, äqui-
valent. Um dies zu veranschaulichen, untersuchte Einstein
die Situation im Innern eines *frei fallenden* Fahrstuhls. Mechanische Erfahrungen, die man in einem solchen Fahrstuhl
macht, bringen die gleichen Ergebnisse, als ob keine

Abbildung 17

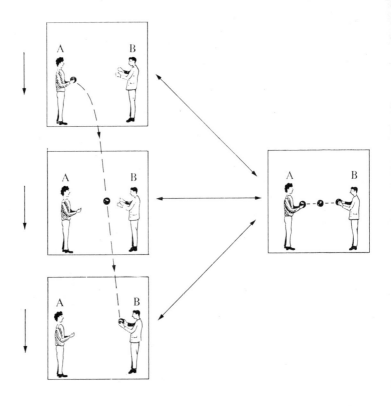

Einsteins Prinzip der Äquivalenz läßt sich ausdrücken als die Erklärung, daß die Wirkungen der Schwerkraft in sich selbst nicht von denen der Beschleunigung unterschieden werden können. Zwei Männer im freien Fall, die einen Ball hin und her werfen, sehen ihn sich in einer geraden Linie bewegen, unbeeinflußt von der Schwerkraft. Doch ein außenstehender Beobachter, an dem vorbei sie beschleunigt werden, sieht, wie der Ball eine parabolische Kurve beschreibt, so wie er es in einem Schwerkraftfeld tun würde.

Schwerkraft vorhanden wäre und die betreffenden Körper gewichtslos wären. Beispielsweise bewegen sie sich, wenn sie geworfen werden, in geraden Linien und nicht in parabolischen Kurven. (Experimente dieser Art sind tatsächlich in den letzten Jahren ausgeführt worden, zwar nicht in einem frei fallenden Aufzug, sondern in Raumschiffen, die die Erde umlaufen, wo ähnliche Bedingungen der Schwerelosigkeit herrschen.)

Aus Überlegungen dieser Art schloß Einstein, daß es immer möglich ist, ein *gleichförmiges* Schwerkraftfeld in ein Raum-Zeit-System zu transformieren, in dem keine Schwerkraftwirkungen auftreten. In der Praxis sind Schwerkraftfelder nicht streng gleichförmig — beispielsweise vermindert sich das Feld der Erde um so mehr, je weiter wir in den Raum hinausgehen. Für nichtgleichförmige Felder muß Einsteins Prinzip so modifiziert werden, daß es nur für sehr kleine Gebiete gilt, in denen die Schwerkraftbeschleunigung so wenig variiert, daß sie effektiv gleichförmig ist. So gelangte Einstein zu seiner endgültigen Formulierung des Prinzips der Äquivalenz: In jedem Punkt der Raumzeit ist es immer möglich, Koordinaten so zu wählen, daß die Wirkungen der Schwerkraft in jedem Gebiet verschwinden, das den Punkt umgibt und das so klein ist, daß die räumliche und zeitliche Variation der Schwerkraft in diesem Gebiet vernachlässigt werden kann.

In seinem endgültigen Aufsatz über die Fassung der allgemeinen Relativitätstheorie, veröffentlicht im Jahr 1916, kombinierte Einstein das Prinzip der Äquivalenz mit dem Prinzip der allgemeinen Kovarianz, angewandt auf eine Raumzeit mit einem allgemeinen Typ der Geometrie, der nach dem deutschen Mathematiker B. Riemann, der ihn im Jahr 1854 einführte, Riemannsche Geometrie genannt wird. Einstein stützte sich ferner auf zwei weitere Prinzipien. Das erste war die Forderung nach Einfachheit; das Schwerkraftgesetz sollte auf verhältnismäßig einfache Weise auszudrücken und dennoch für alle möglichen Beobachter in jeder Art von Bewegung von der gleichen mathematischen Form (d. h. kovariant) sein. Das zweite zusätzliche Prinzip war eng verwandt mit den Prinzipien der Äquivalenz und der allgemeinen Kovarianz und könnte das *Prinzip der örtlichen Gültigkeit der speziellen Relativitätstheorie* genannt werden. Es besagt, daß die Gesetze der speziellen Relativitätstheorie örtlich in einem Raum-Zeit-System (oder Koordinatensystem) mit schwindendem Schwerkraftfeld gelten. Infolgedessen muß die spezielle Relativitätstheorie ein nicht zu beachtendes Schwerkraftfeld als Bedingung ihrer Anwendbarkeit voraussetzen. Obwohl die Lichtgeschwindigkeit im leeren Raum mit 300 000 km/sec für jedes *örtliche* Bezugssystem angenommen werden kann, vorausgesetzt, daß die gleichen Maßstabskonventionen befolgt werden, ist diese Geschwindigkeit in der allgemeinen Relativitätstheorie in der Regel keine für die gesamte Raumzeit geltende Konstante.

Diese Prinzipien benutzte Einstein, um ein neues Schwerkraftgesetz zu formulieren, das wir heute als *Einsteinsche Feldgleichungen* bezeichnen. Diese Gruppe von Gleichungen bringt das Schwerkraftfeld für jedes System Schwerkraft ausübender Körper in Beziehung zu dem Gefüge der Raumzeit. Um die Gleichungen für die Bewegung eines Materieteilchens in einem bestimmten Schwerkraftfeld zu erhalten, konnte Einstein weder auf Newtons Bewegungsgesetze noch auf die modifizierte Form dieser Gesetze zurückgreifen, die in der speziellen Relativitätstheorie benutzt worden waren, weil diese nicht mit dem Prinzip der allgemeinen Kovarianz vereinbar waren. Statt dessen verwendete er eine weitere Regel, die, wie er viele Jahre später zeigte, als er mit L. Infeld und B. Hoffmann zusammenarbeitete, keine unabhängige Annahme, sondern eine Konsequenz der Feldgleichungen war. Auf diese besondere Regel kam Einstein durch den Umstand, daß sich in der speziellen Relativitätstheorie und in der Newtons ein sich frei bewegendes Teilchen beim Fehlen äußerer Kräfte in gleichförmiger Geschwindigkeit auf einer Geraden bewegt. In der mathematischen Neuformulierung der speziellen Relativitätstheorie durch Minkowski wird die Bewegung eines solchen Teilchens, wie schon erwähnt, durch eine geradlinige Bahn in der Raumzeit dargestellt. Das veranlaßte Einstein zu der Aussage, daß in der allgemeinen Relativitätstheorie die Weltlinie eines Teilchens in einem Schwerkraftfeld eine geodätische Linie in der mit diesem Feld verbundenen Raumzeit sei. Eine geodätische Linie ist in der Riemannschen Geometrie das, was eine Gerade in der gewöhnlichen Geometrie ist.

Um die Bewegung des Lichts in den Bereich der allgemeinen Relativitätstheorie hineinzubringen, ging Einstein mit derselben Einstellung vor, aus der die spezielle Relativitätstheorie entstanden war: Er erweiterte das Prinzip der Äquivalenz, so daß es ebenso für elektromagnetische Strahlung wie für materielle Körper galt. Er benutzte Minkowskis Ergebnis, daß in der Raumzeit der speziellen Relativitätstheorie eine Lichtbahn die Länge null hat, und wandte die gleiche Regel in der Raumzeit der allgemeinen Relativitätstheorie an. Von dieser Bedingung ausgehend, können wir berechnen, wie das Schwerkraftfeld eines bestimmten Materiesystems die Fortpflanzung von Licht und anderen Formen elektromagnetischer Strahlung beeinflußt.

In der allgemeinen Relativitätstheorie gelang es Einstein, die Schwerkraft in der Geometrie der Raumzeit aufgehen zu lassen. Denn mit jedem System von aufeinander Schwerkraft ausübenden Körpern gibt es eine eindeutig festgelegte

Raumzeit (ihre mathematische Beschreibung hängt von dem gewählten System der Raum- und Zeitkoordinaten ab), so daß die Schwerkraftwirkungen des Systems sämtlich Eigenschaften dieser Raumzeit sind. Bei der Formulierung seiner Feldgleichungen sorgte Einstein dafür, daß in dem Grenzfall von Geschwindigkeiten wie denen der Planeten und von Schwerkraftfeldern, die in ihrer Stärke mit dem der Sonne vergleichbar sind, die vorausgesagten Bahneigenschaften denen, die sich aus Newtons Theorie ergeben, sehr nahe blieben. Das war sehr wichtig, da bekannt war, daß diese Theorie sehr genaue Ergebnisse für die Planetenbewegungen erbrachte.

Einstein schuf drei empirische Prüfungen für die allgemeine Relativitätstheorie. Erstens konnte er einen kleinen Widerspruch zwischen Theorie und Beobachtung bei der Umlaufbewegung des Planeten Merkur aufklären, der zwar seit dreißig Jahren bekannt war, aber bisher allen Bemühungen der mathematischen Astronomen getrotzt hatte, die auf der Grundlage von Newtons Theorie gearbeitet hatten. Einstein sagte — auf Grund der allgemeinen Relativitätstheorie — ferner voraus, daß das Schwerkraftfeld der Sonne Lichtstrahlen von einem Stern, der *in der Nähe der Sonne* während einer totalen Sonnenfinsternis beobachtet würde, ablenken werde. Diese Ablenkung ist sehr schwer zu messen, doch kürzlich war es möglich, die gleiche Ablenkung bei Radiowellen von einer starken extragalaktischen Radioquelle zu studieren, während sie von der Sonne verdunkelt wurde. Das Ergebnis kommt dem von Einsteins Theorie vorhergesagten sehr nahe.

Die dritte der Prüfungen Einsteins bezieht sich ganz unmittelbar auf die Eigenschaften der Zeit. Einstein stellte fest, daß ein Schwerkraftfeld eine verlangsamende Wirkung auf natürliche Uhren ausübt, analog der Zeitdilatation durch

Bewegung nach der speziellen Relativitätstheorie. Diese Wirkung läßt sich leicht in den Lichtspektren studieren, die von einem massiven Körper emittiert werden. Denn das Schwerkraftfeld des Körpers verlangsamt die Frequenz dieses Lichts und läßt seine Farbe roter werden. Diese Wirkung nennen wir die *Schwerkraft-Rotverschiebung.* Versuche, sie in dem von der Sonne ausgestrahlten Licht zu entdecken, sind gemacht worden. Sie sind aber schwierig, weil die proportionalen Veränderungen von Frequenz und Wellenlänge nur bei einer Größenordnung von zwei Millionsteln liegen. Doch überraschenderweise wurde es vor etwas über zehn Jahren möglich, diesen Effekt im Laborexperiment genauer zu prüfen. R. V. Pound und C. A. Rebka von der Harvard-Universität benutzten mit Erfolg ein neues, überaus empfindliches Verfahren, den Mößbauer-Effekt, um die Veränderung der Frequenz des Lichts zu messen, das von der Spitze eines gut 22 Meter hohen Turmes zu Boden fällt. Der Turm war viele Jahre zuvor von der Yale-Universität für verschiedene Zwecke errichtet worden. Die Messungen bestätigten mit erheblicher Genauigkeit die Frequenzveränderung, die auf Grund von Einsteins Theorie vorausgesagt worden war. Sie betrug ein Billiardstel.

Diese Wirkungen sind alle sehr klein. Im allgemeinen unterscheiden sich in einem sphärisch symmetrischen Feld wie dem der Sonne die von Einsteins Gravitationstheorie vorhergesagten Erscheinungen und die Newtons nur dann spürbar voneinander, wenn wir dem Zentralpunkt nahekommen. Diese Tendenz läßt sich vielleicht am einfachsten an dem als *»Fluchtgeschwindigkeit«* bezeichneten Begriff veranschaulichen:

Das ist, je nachdem, wie weit ein Teilchen vom Mittelpunkt des Schwerkraftfeldes entfernt ist, die Mindestgeschwindigkeit, die das Teilchen *an diesem Ort* haben muß, damit es sich schließlich unbestimmt weit von diesem Platz wegbewegen kann. In der Newtonschen Theorie wird die Fluchtgeschwindigkeit um so größer, je mehr man sich dem Feldmittelpunkt nähert, und strebt am Mittelpunkt selbst dem Unendlichen zu. In der Relativitätstheorie kann dagegen kein Materieteilchen jemals die örtliche Lichtgeschwindigkeit c erreichen. Bei einem Schwerkraft ausübenden sphärischen Körper wird die Entfernung von seinem Mittelpunkt, in dem die Fluchtgeschwindigkeit gleich diesem Grenzwert ist, Schwarzschild-Radius genannt: Er wird angegeben durch die Formel $\frac{2\,GM}{c^2}$, wobei M die Masse des sphärischen Körpers und G die universelle Gravitationskonstante ist (die gleiche wie in der Newtonschen Theorie, wo die Gravitationskraft zwischen zwei Massen M und m in einer Entfernung r voneinander gleich $\frac{GMm}{c^2}$ ist. Es läßt sich zeigen, daß in dieser Entfernung vom Mittelpunkt eine wirksame Schranke nicht nur für das Entweichen von Materieteilchen, sondern auch von Lichtstrahlen und allen anderen physikalischen Signalen besteht. Innerhalb dieser Schranke vermag kein Signal nach draußen zu dringen, während Signale von draußen durchaus eindringen können.

Es ist nur natürlich, wenn die Frage gestellt wird, ob ein solcher »Eiserner Vorhang«, der der allgemeinen Relativitätstheorie eigentümlich ist und für den es in der Newtonschen Theorie kein Gegenstück gibt, in der Praxis tatsächlich vorkommen könnte. Die Lösung von Einsteins Feldgleichungen, die den Schwarzschild-Radius voraussetzt, gilt nur im leeren Raum außerhalb des Schwerkraft ausübenden Körpers.

Innerhalb des Körpers führt das Vorhandensein von Materie zu einer anderen Lösung der Gleichungen, und in diesem Fall gibt es gar keinen kritischen Schwarzschild-Radius. Infolgedessen kann der Schwarzschild-Radius nur dann zu

Abbildung 18

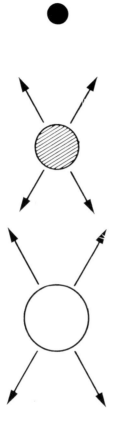

Die Fluchtgeschwindigkeit — einer Weltraumrakete, eines Materieteilchens oder auch einer Strahlung — von einem Schwerkraft ausübenden sphärischen Körper weg nimmt zu, je mehr die Entfernung von seinem Mittelpunkt abnimmt. Wenn sich der Körper genügend zusammenzieht — wobei die Masse dieselbe bleibt —, tritt ein Stadium ein, wo Lichtgeschwindigkeit für das Entweichen von seiner Oberfläche nötig wäre; dann kann nichts mehr von diesem Körper entweichen, weder Materieteilchen noch Strahlung.

einer physikalischen Möglichkeit werden, wenn der Körper zu einem so kleinen Volumen zusammengepreßt ist, daß er vollständig innerhalb dieses Radius liegt, was bei keinem der Körper im Sonnensystem und bei keinem normalen Stern der Fall ist. Beispielsweise beträgt der Schwarzschild-Radius der Sonne weniger als drei Kilometer, während ihr wirklicher Radius fast 700 000 km beträgt.

Damit ein Körper von einer mit der Sonne oder sonst einem normalen Stern vergleichbaren Masse innerhalb seines Schwarzschild-Radius zusammengepreßt werden kann, muß er von einer ungeheuren Dichte sein, die mehr als zehn Billiarden mal so groß ist wie die des Wassers. Wenn Materie so stark komprimiert wird, dann vereinigen sich die Elektronen und Protonen darin und bilden Neutronen. Und ein Körper, der ausschließlich aus so dicht wie möglich gepackten Neutronen besteht, hat eine Dichte, die etwa eine Billiarde mal so groß ist wie die von Wasser. Bis vor wenigen Jahren gab es keinen Beweis dafür, daß es Sterne dieser Art, sogenannte *Neutronensterne,* tatsächlich gibt. Doch seit der Entdeckung von Pulsaren durch Radioastronomen von der Universität Cambridge im Jahr 1968 darf man vermuten, daß es wirklich Neutronensterne gibt. Pulsare strahlen Radiosignale in regelmäßigen Abständen von etwa einer Sekunde oder, in einigen Fällen, von einer Zehntelsekunde aus. Da kein Körper eine Folge zusammenhängender Strahlungsimpulse innerhalb einer Zeit ausstrahlen kann, die kürzer ist, als das Licht brauchen würde, um sich über den Körper fortzupflanzen, war es klar, daß es Pulsare gibt, deren Durchmesser nicht größer als 30 000 km ist. Außerdem läßt sich theoretisch erschließen, daß eine Periode von einer Zehntelsekunde nur von einem Körper erzielt werden kann, dessen Dichte mindestens eine Milliarde mal so groß ist wie die des Wassers. Es läßt sich theoretisch auch erschließen, daß sich ein Körper von dieser Dichte wahrscheinlich weiter zusammenzieht, bis er die Form des Neutronensterns erreicht. Wenn es auch noch keine allgemeine Übereinstimmung über den daran beteiligten Mechanismus gibt, so glauben die meisten Astronomen doch, daß Pulsare vermutlich rasch rotierende Neutronensterne sind.

Solange weiße Zwerge — wie der dunkle Gefährte des Sirius — mit ihrer etwa eine Million mal so großen Dichte wie Wasser die dichtesten bekannten Körper waren, schien die Frage, ob es Objekte gebe, die innerhalb ihres Schwarzschild-Radius liegen, unrealistisch zu sein; doch heute, wo die Wahrscheinlichkeit der Existenz von Neutronensternen so groß ist, sehen wir diese Frage in völlig anderem Licht. Ein Körper von einer Dichte, die diejenige des Wassers mehr als zehn Billiarden mal übertrifft, kann nicht als Neutronenstern bestehen, weil die in ihm wirkende Schwerkraft alle möglichen, ihr entgegenwirkenden Kernkräfte übertrifft. Da sich die Schwerkraft mit der Masse erhöht, gibt es eine kritische Masse, die ein Körper nicht übersteigen darf, wenn er nicht unter dieser Kraft zusammenbrechen soll. Das hängt von der Dichte ab, und bei einem Körper von einer Dichte, die zehn Billiarden mal so groß ist wie die des Wassers, beträgt die kritische Masse nur siebzig Prozent der Sonnenmasse. Falls ein Körper größerer Masse diese Dichte erreichen sollte, so kennen wir nichts, was ihn daran hindern könnte, unter seiner eigenen Anziehungskraft zusammenzubrechen und sich selbst zu einem einzigartigen Zustand mit dem Radius Null und unendlicher Dichte zusammenzudrücken.

Die gleichbedeutenden Namen *Schwarzes Loch* und *Kollapsar* bezeichnen das, was zurückbleibt, wenn ein Körper einen Schwerkraftzusammenbruch innerhalb seines Schwarzschild-Radius erlitten hat. Wie bereits gesagt, kann von einem

Körper, der zu diesem Radius zusammengeschrumpft ist, weder Strahlung ausgehen noch Materie abgeschleudert werden. Infolgedessen wird der Körper für einen Beobachter von außen völlig unsichtbar, und man kann keinerlei Information über ihn erhalten. Andererseits würde ein Beobachter, der unglücklich genug wäre, sich auf ihm zu befinden, in sehr kurzer Zeit den Kollaps des Körpers — und der Person — zum Volumen null und zu unendlicher Dichte erleben! Aber vielleicht wäre dieses seltsame Schicksal zu vermeiden, denn vermutlich übt die Schwerkraft auf sehr kleine Entfernungen keine Anziehung mehr aus, und es entsteht eine abstoßende Kraft. Doch wenn wir uns völlig an die allgemeine Relativitätstheorie halten, sehen wir uns der Möglichkeit gegenüber, daß es tatsächlich Schwarze Löcher im Universum gibt.

Von allen Objekten, die vielleicht existieren, würde keins schwerer zu entdecken sein als ein einzelnes Schwarzes Loch. Es wäre völlig unsichtbar. Wenn es jedoch die Masse von Sternen oder eine noch größere Masse hätte, könnte man es möglicherweise auf Grund der Wirkung seines starken Schwerkraftfeldes auf nahe Objekte feststellen. Manche meinen, daß ein umfangreiches Schwarzes Loch im Zentrum unserer Galaxis, der Milchstraße, existiert. Auch bei dem Doppelstern Epsilon Aurigae könnte die dunkle Komponente, die sich nur im Infrarot entdecken läßt, ein Schwarzes Loch sein, umgeben von einer Wolke solider Partikeln, von denen die Infrarot-Strahlung stammt. Keine dieser Hypothesen ist bis jetzt allgemein anerkannt, und es bleibt abzuwarten, ob die Existenz Schwarzer Löcher schlüssig bewiesen werden kann.

Obwohl der Schwerkraftkollaps keine Eigentümlichkeit der allgemeinen Relativitätstheorie ist, da er bei gleich hoher Dichte auch auf Grund von Newtons Theorie eintreten könnte, gibt es doch wichtige Unterschiede. Nach Newtons Theorie mit ihrer Konzeption der universalen Zeit ließe sich der Kollaps zu dieser einmaligen unendlichen Dichte im Prinzip von außen direkt beobachten. Andererseits wäre nach der allgemeinen Relativitätstheorie die Einmaligkeit nicht nur nicht zu beobachten — außer auf Grund ihrer Schwerkraftwirkungen —, sondern die Zeit, die es dauern würde, bis der betreffende Körper zu seinem Schwarzschild-Radius zusammenschrumpft, müßte für einen *außenstehenden Beobachter* auch unendlich verlängert sein. Das ist im wesentlichen eine Wirkung der Zeitdilatation; während der Körper schrumpft und sein Schwerkraftfeld immer stärker wird, müßte das Zeitintervall zwischen je zwei Signalen, die der kollabierende Körper in Standardintervallen der eigentlichen Zeit — beispielsweise in Sekunden — aussendet, für den außenstehenden Beobachter immer länger werden und zur Unendlichkeit streben, wenn der Körper zu seinem Schwarzschild-Radius zusammenschrumpft. Der bemerkenswerteste Unterschied zwischen den beiden Theorien bezüglich des Schwerkraftkollapses ist folgender: Während in der Newtonschen Theorie die Einmaligkeit lediglich die Materie betrifft, ist in der allgemeinen Relativitätstheorie die Schwerkraft eng auf das Gefüge der Raumzeit bezogen, und der Zustand unendlicher Dichte führt infolgedessen zu einer Einmaligkeit in der Geometrie der Raumzeit. Für den mit dem zusammenbrechenden Körper verbundenen Beobachter würde das Zusammenbrechen in einer endlichen Zeit vor sich gehen. Bei einer solchen Einmaligkeit würde die Zeit selbst zum Stillstand kommen!

Es kann nicht überraschen, daß Mathematiker in den letzten Jahren den Fragen, die solch außergewöhnliche Raum-Zeit-Phänomene betreffen, viel Aufmerksamkeit geschenkt haben. Man könnte meinen, daß es diese Phänomene noch schwieriger machen müßten, die Ansicht zu vertreten, die zu Anfang dieses Kapitels vorgetragen wurde, daß nämlich die Zeit als eine grundlegende Eigenschaft des Universums betrachtet werden müsse und daß das Datum ein wesentliches Merkmal eines jeden Ereignisses sei. Denn wie ist es möglich, daß ein so ungewöhnliches Phänomen wie ein Kollapsar für einen Beobachter am Ort zu einer finiten Zeit und für einen Beobachter, der sich außerhalb befindet, in der infiniten Zukunft auftritt?

Um diese Frage zu klären, müssen wir uns der Kosmologie zuwenden, d. h. der Wissenschaft von der Struktur und Evolution des physikalischen Universums als ganzem. Denn so wichtig die spezielle und die allgemeine Relativitätstheorie auch für das Verständnis der Zeit sein mögen, vollständige Rechenschaft über den Begriff geben sie uns nicht. Diese Theorien beschäftigen sich mit der Natur physikalischer Gesetze (und nicht mit dem besonderen Schema von Ereignissen, das in der Natur auftritt) und mit der tatsächlichen Verteilung der Materie im Universum. Wenn wir die Zeit als einen Aspekt der Beziehung zwischen dem Universum und dem Beobachter betrachten, dürfen wir die Schlußfolgerung, daß sie nicht eine grundlegende Eigenschaft des Universums mit objektiver Bedeutung sein kann, nicht ziehen, ehe wir nicht die allgemeine Struktur des Universums angemessen berücksichtigt haben.

Nach den gängigen Vorstellungen setzt sich das Universum

aus Galaxien zusammen, von denen manche größer, manche kleiner sind. Alle sind jedoch trotz gewisser charakteristischer Strukturunterschiede vergleichbar mit dem Sternensystem unserer Milchstraße. Die Verteilung dieser Galaxien ist ein wenig unregelmäßig, zeigt jedoch deutlich eine allgemeine Gleichförmigkeit, wenn man sie in einem ausreichend großen Umfang überblickt. Die Entdeckung der Rotverschiebungen in den Spektren der Galaxien und ihrer systematischen Zunahme, je tiefer wir in den Raum hinausblikken, ist ganz allgemein als Beweis dafür interpretiert worden, daß sich die Galaxien sämtlich voneinander wegbewegen und daß sich das Universum als Ganzes ausdehnt*). Bei Untersuchungen über theoretische Modelle des Universums werden hypothetische Beobachter, die in verschiedene Galaxien gesetzt werden, »fundamentale Beobachter« genannt. Diese Beobachter sind »bevorrechtigt« in dem Sinn, daß sie mit der Masseverteilung der Materie im Universum verknüpft sind. (Die relativen Geschwindigkeiten von *Sternen* in einer Galaxis zueinander sind klein, verglichen mit der Lichtgeschwindigkeit, und nur die relativen Geschwindigkeiten winziger Teilchen untereinander sind eher mit der Lichtgeschwindigkeit vergleichbar.) In den bekanntesten Modellen passen die Zeiten, die die fundamentalen Beobachter messen, so zusammen, daß sie eine gemeinsame universale Zeit bilden, die *kosmische Zeit*. Mit anderen Worten: Nach diesen Beobachtern gibt es aufeinanderfolgende Zustände des Universums als Ganzes, die eine kosmische Zeit definieren. Davon ausgehend, haben alle Ereignisse eine einzige Zeitordnung. Die Anomalien und Widersprüche der Zeitordnung, die im Zusammenhang mit der speziellen Relativitätstheorie entstehen, sind nicht auf die Natur der Ereignisse

* Diese Frage wird im nächsten Kapitel näher behandelt werden.

selbst zurückzuführen, sondern auf die Einführung von Beobachtern, die relativ zu den fundamentalen Beobachtern in ihrer Nachbarschaft durch das Universum bewegt werden. In der allgemeinen Relativitätstheorie betreffen die seltsamen zeitlichen Wirkungen innerhalb von Kollapsaren oder Schwarzen Löchern Regionen der Raumzeit, von denen aus keine Signale zu irgendwelchen Beobachtern außerhalb übermittelt werden können. Vom Standpunkt der fundamentalen Beobachter aus gibt es eine gemeinsame lineare Zeitordnung für alle Ereignisse, die im Prinzip von ihnen beobachtet werden können.

Es läßt sich mathematisch beweisen, daß die Existenz einer kosmischen Zeit in einem Moderluniversum davon abhängt, daß es dort keine bevorrechtigten räumlichen Richtungen gibt. Mit anderen Worten: Wenn das Modell *isotrop* ist, d. h. für jeden fundamentalen Beobachter in jeder Richtung gleich aussieht, besitzt es keine kosmische Zeit. In einem Modell dieser Art gleichen die Richtungen der kosmischen Flucht den Speichen eines Rades, nur liegen sie im dreidimensionalen Raum und nicht in einer Ebene, und das allgemeine Aussehen des Universums ist in jeder dieser Richtungen gleich. Außerdem sieht sich jeder fundamentale Beobachter als Zentrum des gleichen Weltbildes wie jeder andere auch in der gleichen Epoche der kosmischen Zeit.

Es ist selbstverständlich, daß wir, um entscheiden zu können, ob das wirkliche Universum durch eine universale kosmische Zeit charakterisiert wird, Bestätigung und Beweise für seine Isotropie suchen, die über diejenigen hinausgehen, die von der etwas unregelmäßigen Verteilung der Galaxien am Himmel geliefert werden. Glücklicherweise hat in den letzten Jahren eine wichtige Entdeckung der Radioastronomen Bestätigung und Beweismaterial erbracht. Es ist festgestellt worden, daß das Universum von einer Mikrowellenstrahlung mit Wellenlängen von wenigen Zentimetern gefüllt ist. Anders als das Licht der Sterne scheint diese Strahlung aus allen Richtungen des Raumes in mehr oder weniger gleicher Menge zu uns zu kommen. Die Intensitätsunterschiede bei den verschiedenen Richtungen liegen tatsächlich unter einem Prozent. Dieses Maß an Isotropie ist durchaus genau genug, um die Möglichkeit irgendeines lokalen Ursprungs für diese Strahlung auszuschließen, da eine Quelle, die sich auf das Sonnensystem, die Milchstraße oder auch auf die benachbarten Gruppen von Galaxien beschränkt, einem Beobachter, der wie wir weit vom Zentrum dieser Systeme entfernt ist, nicht isotrop erscheinen würde. Deshalb wird angenommen, daß diese Strahlung ein Bestandteil des Universums als Ganzes ist, und es gibt starke, wenn auch bis jetzt noch nicht völlig überzeugende Gründe dafür, sie als ein Überbleibsel der intensiven ursprünglichen Strahlung zu betrachten, die vielleicht einen explosiven Ursprung des ganzen Universums begleitet hat. Diese kosmische Mikrowellenstrahlung wird häufig als der »uranfängliche Feuerball« bezeichnet. Abgesehen von der Erklärung ihres Ursprungs müssen wir, wenn wir uns nicht gerade im Zentrum der Isotropie befinden — was ganz unwahrscheinlich und geradezu kapriziös wäre —, annehmen, daß diese Strahlung für jeden fundamentalen Beobachter im Universum isotrop ist. Der Beweis für die Richtigkeit des Konzepts der kosmischen Zeit ist deshalb jetzt schon eindrucksvoll.

HORIZONTE DER ZEIT

In seinen *Versuchen über den menschlichen Verstand* beschloß John Locke ein Kapitel über Raum und Zeit mit der Erklärung, daß »Ausdehnung und Dauer einander gegenseitig umfassen und enthalten; jeder Teil des Raumes ist in jedem Teil der Dauer und jeder Teil der Dauer in jedem Teil der Ausdehnung«. Bis 1917 scheint niemand Grund gehabt zu haben, diese Erklärung für etwas anderes als eine Binsenwahrheit zu halten. In jenem Jahr konstruierte der holländische Astronom Willem de Sitter ein Weltmodell, in dem die Zeit einer merkwürdigen und bis dahin unvermuteten Begrenzung unterworfen wird. In der Erfahrung eines Beobachters P, der sich an einem bestimmten Punkt in dem Modell befand, gab es einen finiten Horizont, an dem die Zeit stillzustehen schien — wie bei dem verrückten Hutmacher aus *Alice im Wunderland,* bei dessen Teegesellschaft es ständig sechs Uhr war. Dieser Zeithorizont war nur ein scheinbares Phänomen, da der tatsächliche Zeitablauf, wie ihn jeder Beobachter Q auf diesem Zeithorizont erfuhr, dem gleich war, den P erfuhr. Dieser Effekt trat auf, weil die Zeit, die das Licht oder irgendein sonstiges elektromagnetisches Signal brauchte, um sich von Q nach P fortzupflanzen, infinit war.

In de Sitters Beschreibung dieses Weltmodells gab es keine Ausdehnung und keine kosmische Zeit. Heute wählen wir Raum- und Zeitkoordinaten so, daß de Sitters Welt ein Beispiel für ein sich ausdehnendes Universum mit einer kosmischen Zeit ist; seine Ausdehnungsgeschwindigkeit ist dabei übrigens eine Exponentialfunktion dieser Zeit. Unter Berücksichtigung kosmischer Zeit gibt es eine Epoche in der Geschichte des B, die A als Zeithorizont in dem Sinn erscheint, daß kein Signal, das B dann oder danach aussendet, A jemals erreichen kann*. Auf gleiche Weise gibt es für B einen mit A verknüpften Zeithorizont. Ein Zeithorizont dieses Typs wird heute *Ereignishorizont* genannt und besteht für jeden funda-

---

* In dem Modell sind A und B zwei fundamentale Beobachter.

mentalen Beobachter A in jedem sich ausdehnenden (expandierenden) Weltmodell, wo sich die Ausdehnungsgeschwindigkeit mit der Zeit so vergrößert, daß schließlich die von B ausgesendeten Signale niemals bei A ankommen. Um uns die Situation wenigstens teilweise zu veranschaulichen, können wir uns das Universum als Oberfläche eines sich ausdehnenden Ballons vorstellen*. Die Galaxien lassen sich dann durch dicke Flecke darstellen, die gleichmäßig über den Ballon verteilt werden. Ein bestimmter Fleck kann in Verbindung mit Beobachter A gebracht werden. Lichtsignale lassen sich durch kleine Punkte darstellen, die sich mit einer, relativ zur Oberfläche, konstanten Geschwindigkeit über den Ballon bewegen. Ein Ereignishorizont bei B existiert für A in jedem Weltmodell, in dem sich die Ausdehnungsgeschwindigkeit so stark vergrößert, daß nach einer gewissen Epoche in der Geschichte des B kein von B in Richtung auf A ausgesendeter kleiner Punkt A jemals erreichen kann, weil die Ausdehnung nun zu rasch vor sich geht. In Eddingtons anschaulichem Satz ist das Licht dann »wie ein Läufer auf einer sich ausdehnenden Rennbahn, wo der Siegespfahl rascher zurückweicht, als der Läufer rennen kann«.

Ein Zeithorizont anderen Typs existiert in jedem Weltmodell, in dem die Ausdehnungsgeschwindigkeit abnimmt, nachdem sie vorher so groß war, daß kein von B ausgesendetes Licht A erreichen konnte. Erst nachdem eine gewisse Zeit nach dem ursprünglichen Zustand des Modells verstrichen ist, könnte ein von B ausgesendetes Signal A erreichen. Für unseren Ballonvergleich würde das bedeuten, daß sich der Ballon zunächst so schnell ausdehnt, daß seine Ausdehnungs-

---

* Diese Analogie muß mit Vorsicht verwendet werden. Das Universum hat drei Dimensionen im Raum, während die *Oberfläche* eines Ballons zweidimensional ist. Außerdem gibt es im Universum nichts, was den Gebieten innerhalb und außerhalb der Ballonoberfläche entspricht.

geschwindigkeit die der kleinen Punkte übertrifft; dann würde erst nach einer gewissen Zeit, in der sich die Ausdehnung verlangsamt hat, ein bestimmter B für A sichtbar werden. Dieser Typ des Zeithorizonts könnte *Schöpfungshorizont* genannt werden, weil jeder fundamentale Beobachter A dann den Eindruck gewinnt, daß an den Grenzen des sichtbaren Universums ständig Materie ins Dasein tritt. Bisher haben wir angenommen, daß A auf einer bestimmten Galaxis verankert bleibt und daher kosmische Zeit mißt. Wenn er sich durch das Universum bewegen könnte (natürlich mit einer Geschwindigkeit, die immer unter der des Lichts bleibt), dann würde die Klasse der Ereignisse, die er im Prinzip beobachten kann, zunehmen. Falls das Modell für A einen Ereignishorizont besitzt, ehe er sich bewegt, dann wird er, wie er sich auch bewegen mag, niemals jedes Ereignis im Universum beobachten können. Sein Zeithorizont wird sich verändern, aber niemals verschwinden.

Die meisten der expandierenden Modelle, die als mögliche Formen des tatsächlichen Universums studiert worden sind, besitzen den einen oder anderen Typ des Zeithorizonts oder sogar beide. (Eine bemerkenswerte Ausnahme ist das gleichförmig expandierende Universum, von E. A. Milne erdacht, das keinen der beiden Typen aufweist und so eine vollständige Einheit der Zeit besitzt, die den meisten anderen Modellen fehlt.) Trotzdem macht die Existenz von Zeithorizonten die Konzeption einer fundamentalen kosmischen Zeit, die mit der Vorstellung aufeinanderfolgender Zustände des Universums verknüpft ist, nicht ungültig.

Die Existenz einer kosmischen Zeit schließt nicht automatisch die am Ende von Kapitel 4 erwähnte Möglichkeit aus, daß verschiedene physikalische Gesetze vielleicht verschiedene Zeitskalen definieren, die nicht miteinander Schritt halten. Von den drei aufeinanderfolgenden Ereignissen E, F und G könnten die Zeitintervalle zwischen E und F einerseits und zwischen F und G anderseits nach einer Uhr als gleich lang und nach einer anderen als ungleich lang beurteilt werden — beide Uhren könnten von dem gleichen Beobachter benutzt werden. Gleiche Zeitintervalle auf der einen Uhr entsprechen nur dann gleichen Zeitintervallen auf der anderen, wenn das mathematische Verhältnis zwischen den Zeitmaßstäben beider Uhren algebraisch linear ist. Dann kann man sagen, daß beide Uhren effektiv die gleiche Zeit messen — alle Unterschiede zwischen ihren jeweiligen Anzeigen lassen sich durch eine entsprechende Wahl der Zeit Null und der Einheit der Zeitmessung berichtigen. Während der letzten dreißig Jahre sind spezifische Hypothesen über die mögliche Existenz verschiedener natürlicher Zeitskalen aufgestellt worden, deren Verhältnis untereinander nicht linear ist. Beispielsweise erklärte Milne im Jahre 1936, daß die Zeitskala des radioaktiven Zerfalls, nach der sich das Universum, wie er glaubte, in gleichförmiger Geschwindigkeit ausdehnte, von der gleichförmigen Zeit der Dynamik und Gravitation abweicht, wobei letztere Zeit eine logarithmische Funktion der ersteren sei. Eine andere Möglichkeit, dieses Ergebnis auszudrücken, ist die Aussage, daß nach der gleichförmigen Zeitskala des radioaktiven Zerfalls die universale Gravitationskonstante G keine echte Konstante ist, sondern mit der kosmischen Epoche zunimmt. Der Geologe Arthur Holmes versuchte, mit dieser Vorstellung die größere Aktivität der Prozesse unter der Erdrinde, verbunden mit dem Aufbau der irdischen Gebirge usw., während der 500 Millionen Jahre zu begründen, die seit dem Kambrium verstrichen sind. Er gelangte zu dem Schluß, daß die vorhandenen Beweise nicht auf eine signifikante Veränderung im Wert für G hindeuteten. Im Hinblick auf G und andere Konstanten der fundamentalen Physik sind auch andere Behauptungen aufgestellt worden, in den letzten Jahren besonders von R. H. Dicke aus Princeton, der Einsteins allgemeine Relativitätstheorie so modifiziert hat, daß eine Veränderung im Wert für G über sehr lange Zeit miterfaßt ist.

Alle Erklärungen im Hinblick auf die Veränderlichkeit universaler »Konstanten«, wie etwa G, stimmen darin überein, daß die Veränderung des Wertes im Höchstfall wenige Zehnmilliardstel im Jahr betragen kann. Um solche Veränderungen innerhalb einer vernünftigen Zeit überhaupt zu entdecken, brauchen wir äußerst genaue Methoden der Zeitmessung. Wir haben bereits im Kapitel 4 erwähnt, daß die Genauigkeit der Cäsiumuhr etwa zwei Zehnbillionstel beträgt. Ein höchst genauer natürlicher Zeitmesser, den man mit der Cäsiumuhr vergleichen kann, ist im Pulsar entdeckt worden. Die Strahlungsimpulse, die das als erstes entdeckte dieser Objekte aussendete, wiesen eine Regelmäßigkeit auf, die ein Hundertmillionstel übertraf, wobei die Periode genau 1,33730113 Sekunden betrug. Obwohl man inzwischen festgestellt hat, daß Pulsare dazu neigen, langsamer zu werden, kann es doch sein, daß die Perioden von einige mit einem hohen Genauigkeitsgrad über ein ausreichend langes Zeitintervall aufrechterhalten werden. Dadurch kann man die Hypothese, daß die astronomische Zeit, die von den Himmelskörpern abgeleitet wird, mit der Zeit

Schritt hält, die man von Atomuhren in irdischen Laboratorien erhält, mindestens teilweise überprüfen. Außerdem könnte es demnächst möglich werden, die gleichförmige Zeit der Himmelsmechanik sehr genau mit derjenigen von Atomvibratoren und radioaktiven Uhren zu vergleichen.

Doch wie dem auch sei, ich glaube, daß wir, ehe wir schlüssige Beweise für das Gegenteil haben, bei der Hypothese bleiben sollten, daß es einen einzigen grundlegenden Rhythmus des Universums gibt. Daraus folgt, daß es eine einzige universale Skala für die kosmische Zeit gibt, in der — je nachdem, wie Nullzeit und Zeiteinheit gewählt werden — jedes Ereignis im Prinzip sein eigenes entscheidendes Datum besitzt.

KAPITEL 7

Der Ursprung und der Pfeil der Zeit

Die Vorstellung, daß jedes Ereignis ein entscheidendes Datum besitzt, führt uns zu der Frage, wie sich Ereignisse im Universum datieren lassen. Das ist eine technische Frage, die bis zu einem gewissen Grad bereits in Kapitel 4 behandelt wurde. Dort hatte das Problem einer passenden Wahl der Nullzeit auch noch keine Rolle gespielt. John Locke sagte an einer bereits zitierten Stelle, daß »Dauer sozusagen nur die Länge einer einzigen geraden Linie, verlängert *in infinitum*« sei. Eine lineare Zeitvorstellung verpflichtet uns jedoch nicht unbedingt zu dem Schluß, daß die Zeit unendlich sei. Der sterbende Heißsporn in Shakespeares *Heinrich IV.* (1. Teil) sagt:

Zeit, des Weltlaufs Zeugin, muß enden.

Dieser Gedanke hat häufig zu der Vorstellung geführt, daß das Universum allmählich »ablaufe« — daß der »Hitzetod« bevorstehe, wobei man das Zweite thermodynamische Gesetz unmittelbar auf den gesamten Kosmos anwandte. Aber selbst wenn wir diesen Schluß akzeptieren — und das tun nicht alle Wissenschaftler —, dann wird er uns kaum eine geeignete Bezugsepoche liefern, nach der jetzige und vergangene Ereignisse datiert werden könnten. Eine Nullzeit ließe sich natürlich wählen, indem man irgendein besonders signifikantes Ereignis nach Belieben festlegt: frühere Ereignisse erhielten dann negative und spätere entsprechend positive Daten — genauso wie historische Ereignisse die Datierung vor und nach Christus erhalten. Wenn die Zeit jedoch einen finiten Ursprung hat, dann wäre dieser der natürlichste Nullpunkt in der kosmischen Zeitskala.

Die Schwierigkeit, die viele Menschen dabei haben, sich einen Anfang der Zeit vorzustellen, liegt darin, daß sie darunter etwas Ähnliches wie eine Grenze des Raums verstehen — und diesen Begriff lehnen wir normalerweise wegen des Problems ab, was wir wohl auf der anderen Seite finden könnten, wenn wir an solch eine Grenze gelangen; vermutlich würde auch das wieder Raum sein, und damit wäre der Begriff der Grenze ein Widerspruch in sich. Bei der Zeit ist der entsprechende Einwand jedoch nicht so zwingend, da wir in der Zeit nicht so frei umherreisen können wie im Raum. Wenn die Zeit nicht eigenständig existiert, sondern mit dem Universum koexistiert, dann würde Anfang (und Ende) der Zeit einfach bedeuten, daß das Universum zeitlich begrenzt ist. Bestimmt sind wir nicht dem logischen Zwang unterworfen, den gesamten zeitlichen Bereich der Erscheinungen für unbegrenzt zu halten. Wenn nämlich etwas dafür spräche, dann könnten wir das Universum und all seine Inhalte einschließlich simulierter menschlicher Erinnerungen so sehen, als sei es in irgendeinem bestimmten Augenblick der Vergangenheit oder Gegenwart entstanden. Ein solcher Augenblick war tatsächlich ein Anfang, ein Ursprung der Zeit.

Realistischer ist es, wenn wir fragen, ob es zu Anfang einen einmaligen Zustand des Universums gegeben habe (etwa einen explosiven Ursprung), der als natürlicher Ursprung der Zeit betrachtet werden kann. Bei der Beantwortung dieser schwierigen Frage suchen wir als erstes nach Beweisen für eine Entwicklung im Universum. Im Jahr 1871 erklärte Helmholtz in seinem berühmten Vortrag *Über die Entstehung des Planetensystems,* daß Wissenschaftler nicht nur berechtigt, sondern auch verpflichtet seien, zu untersuchen, ob »bei Voraussetzung einer ewig gleichmäßigen Gesetzmäßigkeit der Natur unsere Rückschlüsse aus den gegenwärtigen Zuständen auf die der Vergangenheit ... uns notwendig auf unmögliche Zustände und die Notwendigkeit einer Durchbrechung der Naturgesetze, eines Anfangs, der nicht mehr durch die uns bekannten Vorgänge herbeigeführt sein könnte, zurückleiten«. Wie Helmholtz mit Recht betonte, ist diese Frage keine müßige Spekulation, denn sie betrifft das Ausmaß, in dem die existierenden Gesetze gültig sind.

In Kapitel 1 wurde darauf hingewiesen, daß der Faktor, der entscheidend zu der Idee einer linearen Zeit beitrug, die Zunahme der Beweise für evolutionäre Tendenzen in der Außenwelt war. Erst in den letzten hundertfünfzig Jahren wurde der Glaube an den im wesentlichen unveränderlichen Charakter des Universums ernstlich untergraben. Bis zum neunzehnten Jahrhundert übte der Begriff der Evolution nur wenig Einfluß darauf aus, wie der Mensch über die Welt dachte. Die Astronomie, die älteste und fortgeschrittenste Wissenschaft, erbrachte keinerlei Beweise für irgendeine Entwicklung im Universum. Denn obwohl seit langem bekannt war, daß die Zeit durch die Bewegungen der Himmelskörper gemessen werden und daß die Genauigkeit der mechanischen Uhren durch den Vergleich mit astronomischen Beobachtungen kontrolliert werden konnte, schien das Schema der Bewegungen am Himmel im wesentlichen gleich zu bleiben, ob man es vorwärts oder rückwärts las. Das Schema für alle Bewegungen war ein System von Rädern, und die Zukunft wurde im wesentlichen als eine Wiederholung der Vergangenheit betrachtet. Es kann deshalb nicht überraschen, daß sich die Menschen vor Jahrhunderten die Zeit als zyklisch vorstellten.

Die Überlegungen von Kant und Laplace im letzten Teil des achtzehnten Jahrhunderts über den Ursprung des Sonnensystems zeigten bereits, daß das neunzehnte Jahrhundert den uralten Glauben aufgeben würde, der allgemeine Zustand der Welt sei mehr oder weniger unveränderlich geblieben. Doch in erster Linie war es das Studium der Fossilien im irdischen Gestein, das die Aufmerksamkeit der Wissenschaftler auf Prozesse der Veränderung im Universum lenkte, die sich über Millionen von Jahren erstreckten. Etwa im Jahr 1800 scheint zum erstenmal erkannt worden zu sein, daß die Ordnung des Gesteins in Schichten als chronologische Ordnung angesehen werden kann. Darwins Theorie der biologischen Evolution, die so viel zur Klärung der Natur der fossilen Urkunden beitrug, wurde der entscheidende Faktor für die Menschen, sich des zeitlichen Aspekts des Universums bewußt zu werden. Die natürliche Auslese ist ein Prozeß, häufig erst im Laufe von Jahrmillionen wirksam, in dem gewisse genetische Kombinationen ausgemerzt und andere von größerem adaptivem Wert stark vermehrt werden. Die Unumkehrbarkeit der biologischen Evolution wird der verhältnismäßigen Unwahrscheinlichkeit zugeschrieben, daß sich eine besondere Kombination einer bestimmten Gruppe von Mutationen und eine bestimmte Umwelt wiederholen, so daß sich die Chancen, die die Schritte der Evolution in die Vergangenheit zurückverfolgen, rasch vermindern, wenn die Organismen und Umwelten komplizierter werden. Nach dieser Ansicht führen neue Mutationen zu neuen Anpassungsweisen der Organismen an ihre Umwelten, und die daraus folgenden Wirkungen der natürlichen Auslese lassen jenen charakteristischen Grundzug entstehen, der dazu führt, daß wir die Evolution für einen unumkehrbaren Prozeß halten. Als Kapazität auf dem Gebiet der Zeit-Richtung und Evolution hat Harold F. Blum erklärt: »Es wäre schwierig, zu bestreiten, daß die Gesamtwirkung der Evolution unumkehrbar ist: die Ammoniten, der Dinosaurier und das Lepidodendron sind für alle Zeiten verschwunden.«

Im Gegensatz zu dem Einbahnprozeß der biologischen Evolution scheint die Oberflächengeschichte der Erde auf den ersten Blick zyklisch zu sein. Das Aufsteigen von Landmassen aus den Ozeanen hängt von selektiven Bewegungen in der Erdrinde ab, die zumindest zum Teil von dem Wärmefluß im Erdinnern beeinflußt werden. Da diese Hitze in den äußeren Raum abgestrahlt wird, ist eine beständige Quelle notwendig, damit dieser Fluß erhalten bleibt. Heute glaubt man, daß dies die radioaktiven Lager in der Erdrinde sind (S. 106). Diese Lagerstätten reichen fast aus, um ein stetes Gleichgewicht herzustellen, und infolgedessen sind Oberfläche und Inneres der Erde möglicherweise seit Milliarden von Jahren fast so geblieben, wie sie jetzt sind. Während der Zeit der gesamten fossilen Urkunden — einige 500 Millionen Jahre — spricht nichts für eine merkliche Verminderung der vulkanischen und sonstigen Tätigkeit in der Erdrinde, und man hat berechnet, daß sich die Wärmeproduktion der Erde während dieser Zeit nicht um mehr als drei bis vier Prozent verringert hat. Dennoch scheint trotz der ungeheuren Zeitperiode, in der der Zyklus der Oberflächengeschichte der Erde wiederholt worden ist und wahrscheinlich wiederholt werden wird, ein allgemeiner Trend zu einem stabilen Zustand, in dem die Kontinente schließlich alle von einem weltweiten Ozean bedeckt sein werden, unvermeidlich.

Wenden wir uns der Sonne und den Sternen zu, dann stellen wir fest, daß die Prozesse, die man jetzt als Grund für ihre ständige Strahlung ansieht, ebenfalls im wesentlichen unumkehrbar sind. Denn wenn wir jetzt auch glauben, daß Sterne wie die Sonne noch Milliarden von Jahren stetig scheinen können, so können die Kernumwandlungen, die letztlich diese Strahlung erzeugen, nicht unbegrenzt weitergehen. Wir glauben, daß früher oder später alle Sterne zu scheinen aufhören und entweder weiße Zwerge oder Neutronensterne und möglicherweise sogar Schwarze Löcher werden. Was auch ihr endgültiges Schicksal sein mag, die bloße Tatsache, daß Sterne strahlende Körper sind, die nicht auf ewig im gleichen Zustand bleiben können, scheint ein klarer Beweis für die einseitig gerichtete Zeit zu sein.

Es gibt also sowohl im irdischen als auch im himmlischen Bereich überreiches Beweismaterial für eine zeitliche Tendenz *im* Universum, besonders wenn man lange Zeitabschnitte betrachtet. Aber es gibt jetzt auch eindrucksvolle Beweise dafür, daß die Zeit *mit* dem Universum verknüpft ist. Das hat sich aus dem Studium der Galaxien ergeben. Ihre Spektren sind sämtlich zum Rot hin verschoben, und das wird als Beweis für eine allgemeine Expansion des Universums interpretiert. Dieser Schluß beruht auf der Verbindung zweier wichtiger Argumentationen: daß die Galaxien die allgemeine Struktur des Universums bilden und daß die Rotverschiebungen in ihren Spektren Dopplereffekte infolge der zurückweichenden Bewegung sind.

Auf den ersten Blick scheint die Verteilung der Galaxien am Himmel überaus unregelmäßig zu sein. Insbesondere gibt es eine »Zone der Meidung« im Gebiet der Milchstraße. Edwin Hubble zeigte jedoch, daß diese »Zone der Meidung« auf die Existenz diffuser verdunkelnder Materie in den Außenregionen unseres Sternsystems zurückzuführen ist, die uns daran hindert, andere Galaxien in diesen Richtungen zu sehen. Wenn die beobachtete Verteilung entsprechend korrigiert wird, ist sie, wenn auch noch immer ein wenig unregelmäßig, sehr viel stärker isotrop. Dieses Ergebnis, das wir bereits in Kapitel 5 behandelt haben, wird allgemein als Beweis dafür angesehen, daß das System der Galaxien das Gebäude des Universums bildet.

Was die Interpretation der Rotverschiebungen in den Spektren der Galaxien betrifft, so hält man es für unwahrscheinlich, daß sie auf die Einwirkungen stärkerer Schwerkraftfelder zurückzuführen sind (wie es der Fall wäre, wenn wir in die räumlichen Tiefen eines statischen Universums gingen). Man erklärt sie ganz allgemein mit dem Dopplereffekt*. Dieser Effekt soll kurz an Hand der vertrauten Tatsache erklärt werden, daß die Pfeife einer Lokomotive höher klingt, wenn diese auf uns zukommt, als wenn sie von uns wegfährt. Das liegt daran, daß die Schallwellen im ersten Fall komprimiert werden. Ebenso werden auch die Lichtwellen von einer näher kommenden Quelle komprimiert, und die sich daraus ergebende allgemeine Verkürzung der Wellenlängen bedeutet, daß das Spektrum der Quelle zum Violett hin verschoben scheint. Anderseits wird, wenn die Quelle zurückweicht und die von ihr ausgehenden Lichtwellen verlängert werden, das Spektrum zum Rot hin verschoben. In jedem Fall ist die fraktionelle Verlagerung (das Verhältnis der Verschiebung zur ursprünglichen Wellenlänge) die gleiche im ganzen Spektrum und bietet eine Möglichkeit, die Geschwindigkeit der Quelle in der Blickrichtung zu bestimmen.

Obwohl von Zeit zu Zeit auch andere Erklärungen für die Verlagerungen in den Spektren der Galaxien vorgetragen worden sind, hat keine auch nur annähernd soviel Zustim

---

* Nach dem österreichischen Wissenschaftler, der im Jahr 1842 als erster auf diesen Effekt aufmerksam machte.

Abbildung 19

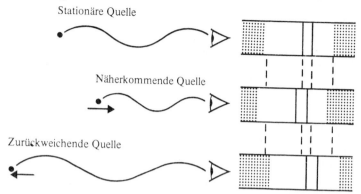

Stationäre Quelle

Näherkommende Quelle

Zurückweichende Quelle

Lichtwellen von einer sich nähernden Quelle werden komprimiert, die von einer zurückweichenden gestreckt. Dieser sogenannte Dopplereffekt verschiebt die Wellenlängen aller Spektrallinien der Quelle zur kurzen, violetten, oder zur roten Seite des Spektrums hin, je nachdem, wie der Fall liegt. Diese Verschiebung gibt, wenn sie sorgfältig gemessen wird, die Radialgeschwindigkeit an, mit der sich die Quelle bewegt.

mung gefunden wie die als Dopplereffekt auf Grund des Zurückweichens, und gegen alle anderen Theorien, die einen präzisen physikalischen Mechanismus voraussetzen, sind ernste Einwendungen erhoben worden. Die einzig möglichen Alternativen scheinen also zu sein, daß entweder die Welt (oder das Galaxiensystem) expandiert oder daß ein sonst unbekanntes Naturgesetz in kosmischem Maßstab wirkt, jedoch keinerlei spürbare Auswirkungen im Rahmen der gewöhnlichen stellaren Astronomie hat. Natürlich befürworten Astronomen eher eine Erklärung, die sich auf eine relative Bewegung stützt, als daß sie sich auf einen sonst unbekannten Effekt berufen. Und das werden sie weiter tun, bis handfeste Gründe dafür sprechen, diese Interpretation der Rotverschiebung aufzugeben.

Einer der ersten, die erkannten, daß der Gedanke einer Expansion des Universums dazu verwendet werden kann, den

Begriff der Zeit zu erforschen, war E. A. Milne. Er war der Meinung, daß das Newtonsche Universum eine Uhr *habe*, das sich ausdehnende Universum dagegen eine Uhr *sei*, und daß der »Pfeil der Zeit«, um Eddingtons berühmten Ausdruck zu verwenden, automatisch durch das Zurückweichen der Galaxien nachgewiesen werde. In seiner neuartigen Darstellung dieser Frage zog Milne zunächst einen Vergleich zwischen dem expandierenden Universum und einem Schwarm nicht miteinander kollidierender Teilchen, die sich gleichförmig und geradlinig bewegen. Wenn sie in irgendeinem Anfangszustand, in dem sie sich willkürlich bewegen, in einem begrenzten Raum enthalten sind, werden sie schließlich ein expandierendes System bilden. Selbst wenn sich das System ursprünglich zusammenzieht, wird es schließlich doch expandieren. Anderseits wird sich ein expandierendes System dieser Art niemals von selbst zusammenziehen. Dieses Argument läßt sich sogar dann veranschaulichen, wenn das System nur zwei Teilchen enthält. Wenn sie sich ursprünglich einander nähern, wird man schließlich doch feststellen, daß sie sich voneinander fortbewegen. Doch wenn sie sich anfangs voneinander fortbewegen, werden sie das weiter tun und sich niemals wieder einander nähern. Das bedeutet, daß wir, wenn wir zwei Filmstreifen fänden und feststellten, daß sich die Teilchen auf dem einen einander näherten und auf dem anderen voreinander zurückwichen, sofort sagen könnten, welcher Filmstreifen der erste ist.

Dieses Argument trifft für ein räumlich geschlossenes Universum nicht zu und setzt deshalb voraus, daß der Raum unbegrenzt ist. Ebenso setzt jeder Versuch, den Pfeil der Zeit nach der Expansion der Welt zu definieren, voraus, daß es keine Umkehrung des Prozesses gibt. Es ist keineswegs sicher, daß das Universum niemals eine Phase durchlaufen hat, in der es sich zusammenzog, wie es etwa der Fall wäre, wenn es sich wie eine Ziehharmonika abwechselnd ausdehnt und zusammenzieht. Deshalb sollte man die Expansion der Welt als gegenwärtigen Hinweis auf den »Pfeil der Zeit« betrachten und nicht als die grundlegende Erscheinung, die ihn entstehen läßt.

Wenn sich das Universum ausdehnt, dann existiert es wahrscheinlich in seinem jetzigen Zustand erst seit begrenzter Zeit, wenn das tatsächliche Ausmaß dieser Zeit auch davon abhängt, ob das Zurückweichen der Galaxien annähernd gleichförmig ist oder in der Vergangenheit signifikant anders war. Es sind Geschwindigkeiten des Zurückweichens der Galaxien entdeckt worden, die bis zu zwei Fünftel der Lichtgeschwindigkeit erreichen, und es besteht kein Grund, das als obere Grenze zu betrachten. Bei den geheimnisvollen Quasaren sind tatsächlich sogar Rotverschiebungen festgestellt worden, die, wenn sie dem Zurückweichen zuzuschreiben sind, Geschwindigkeiten bis fast neun Zehntel der Lichtgeschwindigkeit vermuten lassen.

Im Jahr 1929 fand Hubble, daß die Geschwindigkeit v und die Entfernung r einer Galaxis durch die einfache Beziehung v = Hr miteinander verbunden sind, wobei H den gleichen Wert für alle erforschten Galaxien hat. Der Faktor H, die Hubble-Konstante, hat die Dimensionen des Kehrwerts einer Zeit, doch die genaue Bewertung ist bisher an den grundlegenden Schwierigkeiten, eine zuverlässige Entfernungsskala der extragalaktischen Objekte festzulegen, gescheitert. Hubbles Pioniertat, die Bestimmung der Entfernungen der nächsten Galaxien, vor allem die des Andromeda-Nebels, hing von der Identifizierung der Cepheiden (veränderliche Sterne, die diesem Nebel angehören) ab; diese veränderlichen Sterne konnten, wie bekannt war, als Entfernungsanzeiger benutzt werden. Doch um ein systematisches Verhältnis zwischen v und r zu erhalten, war es notwendig, die sogenannte lokale Gruppe der Galaxien zu verlassen, und die vorhandenen Teleskope waren nicht stark genug, um Sterne dieses Typs in entfernteren Galaxien zu entdecken.

Bei manchen Nebeln, vor allem bei denen in der Virgo-Wolke, gelang es Hubble jedoch, einzelne Objekte zu identifizieren, die er — zu Unrecht, wie wir heute annehmen — für die hellsten Sterne darin hielt. Durch den Vergleich ihrer scheinbaren Größen mit denen der hellsten Sterne in Galaxien, deren Entfernung bereits bestimmt war, schätzte er, wie weit entfernt sie und die sie enthaltenden Galaxien seien. Als er die Entfernungen und Rotverschiebungen dieser Galaxien zueinander in Beziehung setzte, um ein Gesetz daraus abzuleiten, stellte er fest, daß der Kehrwert von H fast 2 Milliarden Jahre betrug.

In den letzten Jahren ist die Entfernungsskala der Galaxien, die Hubble aufgestellt hatte, drastisch revidiert worden, und das hat auch den H zugeschriebenen Wert beeinflußt. Die Ergebnisse der letzten Untersuchungen von Allan Sandage, über die er auf einer Konferenz über die astronomische Entfernungsskala im Königlichen Observatorium Greenwich im August 1971 berichtete, weisen als Kehrwert der Hubble-Konstante einen Wert von 18 Milliarden Jahren auf, fast zehnmal soviel, wie Hubble selbst geschätzt hatte. Wenn sich das Universum in gleichförmiger Geschwindigkeit ausdehnte, dann hieße die Regel, die Entfernung und Geschwindigkeit zueinander in Beziehung setzt, $r = vt$, wobei t die Zeit bedeutet, die seit einem Anfangszustand des Universums mit höchster Kompression verstrichen ist. Vergleicht man die Formel mit Hubbles empirischer Regel $v = Hr$ (oder, um es andersherum auszudrücken: $r = \frac{v}{H}$) sieht man, daß in diesem Fall t dem Kehrwert von H genau gleich wäre;

H wäre also das unmittelbare Maß des Alters des Universums. Wenn sich das Universum jedoch in der Vergangenheit rascher ausgedehnt hätte als jetzt, wäre die Expansionszeit entsprechend kürzer; hätte es sich dagegen in der Vergangenheit langsamer ausgedehnt, wäre die Zeit länger. Falls die Feldgleichungen der allgemeinen Relativitätstheorie für das Universum als Ganzes gelten, dann ist eine gleichförmige Expansion unmöglich, und das einfachste Weltmodell ist dann das, in dem (um die Newtonsche Terminologie zu benutzen) jede Galaxis mit einer Geschwindigkeit zurückweicht, die der Fluchtgeschwindigkeit vom Gravitationsfeld des ganzen Universums gleich ist. In diesem Fall verlangsamt sich das Expansionstempo ständig, und das Alter des Universums beträgt zwei Drittel des Kehrwerts von H. Das ergibt etwa 12 Milliarden Jahre, was auffallend mit der Schätzung des Alters der ältesten Sterne (in Kugelhaufen) auf der Grundlage der Theorie der Sternentwicklung übereinstimmt: 10 ($\pm$ 3) Milliarden Jahre.

Wir müssen dieses Übereinstimmen zweier völlig verschiedener Forschungsrichtungen entweder als verblüffenden Zufall oder, was eher einleuchtet, als Beweis dafür betrachten, daß irgend etwas Einzigartiges in der Geschichte des Universums vor zwölf bis achtzehn Milliarden Jahren geschehen ist. Wenn wir dies auch als adäquaten Ursprung der Zeit für das Universum, wie wir es kennen, annehmen können, so dürfen wir doch die Möglichkeit nicht ausschließen, daß es, ehe das Universum sich in diesem einzigartigen Zustand befand — den eine unbestimmt hohe Temperatur gekennzeichnet haben könnte, die den in Kapitel 6 erörterten uranfänglichen Feuerball entstehen ließ —, eine Phase gab, in dem sich das Universum zusammenzog. Die Vorstellung von abwechselnden Phasen der Expansion und Kontraktion könnte bedeuten, daß das Universum eine endlose Aufeinanderfolge gleicher Zyklen durchläuft. Um diese Vorstellung mit den offenbar finiten Lebensgeschichten einzelner Sterne und Galaxien in Einklang zu bringen, müßte man annehmen, daß Sterne und Galaxien in jedem Zyklus neu aus dem geschaffen werden, was vom vorhergehenden Zyklus übriggeblieben ist. Wir kennen keine Möglichkeit, wie dies geschehen könnte, und unser jetziges Wissen zwingt uns — anders als Denker früherer Zivilisationen, deren Spekulationen über Zyklen der Zeit und des Universums eher Dichtung als Wissenschaft waren —, unsere Aufmerksamkeit auf das zu beschränken, was im jetzigen Zyklus vor sich geht. Doch selbst dann stehen wir noch vor einer ernsten Schwierigkeit. Denn wenn das Universum zyklisch ist und sich nicht ständig ausdehnt, ist es sehr schwer, die Physik der sich zusammenziehenden Phase zu begreifen, die schließlich einsetzen muß, wenn alle extragalaktischen Rotverschiebungen zu Violettverschiebungen werden. Dennoch können wir einen solchen oszillierenden Typ des Universums noch nicht automatisch aus dem Bereich der physikalischen Möglichkeiten ausschließen.

DER THERMODYNAMISCHE PFEIL

Wir haben gesehen, wie sich die Vorstellung eines natürlichen Ursprungs der Zeit mit einem einzigartigen Ereignis in der Geschichte des Universums vereinbaren läßt. Ein solches einzigartiges Ereignis wird von der fast allgemein anerkannten Interpretation der Rotverschiebung in den Spektren der Galaxien vorausgesetzt. Die enge Verknüpfung der Zeit mit dem Universum zeigt sich deshalb in der Geschichte des *Materiegehalts des Universums.* Anderseits wurde am Ende des vierten Kapitels als Alternativvorschlag gesagt, daß die endgültige Zeitskala eng mit unserer Konzeption der *universalen Naturgesetze* verknüpft sei. In jenem Kapitel interessierte uns lediglich die Messung der Zeit und nicht das Problem der Datierung und die damit verbundenen Fragen der Festlegung des Zeitnulls und der Richtung des Pfeils der Zeit. Wenn wir bestätigendes Beweismaterial suchen, um die Antworten auf diese Fragen zu stützen, die wir durch unsere Untersuchung der Verteilung der Materie im astronomischen Maßstab fanden, sehen wir uns einer seltsamen Situation gegenüber. Weit davon entfernt, irgendwelche Beweise dieser Art zu finden, stellen wir fest, daß sowohl die Bewegungsgesetze als auch die Gesetze, die die bekannten Kräfte und Wechselwirkungen in der Physik (mit einer kleinen Ausnahme) lenken, mit der Umkehr des Pfeiles der Zeit vereinbar sind! Das gilt für die Gesetze der Schwerkraft (sowohl diejenigen Newtons als auch die Einsteins), des Elektromagnetismus und für diejenigen, welche die sogenannten »starken« Wechselwirkungen zwischen Protonen und Neutronen im Atomkern lenken. Lediglich bei den »schwachen« Wechselwirkungen, bei denen Neutrinos beteiligt sind, ist überhaupt Zweifel an der Invarianz der Zeitumkehrung geäußert worden. Abgesehen von dieser einen Lücke, die vielleicht besteht, scheint es nicht so, als ob die Gesetze, die die fundamentalen Kräfte und Wechselwirkungen in der Natur lenken, irgendeinen Hinweis auf den Pfeil der Zeit lieferten.

Wie die Situation im Hinblick auf die schwachen Wechselwirkungen tatsächlich auch aussehen mag, man hat lange geglaubt, daß Beweise für den Pfeil der Zeit bei den statistischen Aspekten der Natur gesucht werden sollten. Das berühmteste physikalische Gesetz, das sich auf diese Aspekte der Welt bezieht, ist das Zweite thermodynamische Gesetz.

Es unterscheidet sich seinem Charakter nach völlig von den Gesetzen, die Naturkräfte regieren. Dieses Gesetz beschäftigt sich mit dem zeitlichen Verhalten großer Zahlen von Teilchen und ist ohne Bedeutung für einzelne Teilchen oder für Systeme, die nur wenige Teilchen enthalten. Es ist dem Wesen nach statistisch und behauptet, daß geordnete Verteilungen von Molekülen dazu neigen, zu ungeordneten Verteilungen zu zerfallen. Ein vertrautes Beispiel aus dem Alltagsleben ist die Wirkung des Rührens, wenn man Sahne in eine Tasse Kaffee gegossen hat. Binnen kurzem erhalten wir eine Flüssigkeit von einheitlicher Farbe, und wie lange wir auch rühren, niemals werden wir feststellen, daß der Inhalt der Tasse zu dem ursprünglich geordneten Zustand zurückkehrt, in dem Kaffee und Sahne klar voneinander getrennt waren. Der Zweite Hauptsatz der Thermodynamik wurde von dem österreichischen Physiker Ludwig Boltzmann so interpretiert, daß jedes geschlossene System — also ein System, das weder Energie von der Umgebung aufnimmt noch an sie verliert — automatisch einem Zustand zustrebt, in dem die Verteilung und Bewegung seiner Bestandteile vollkommen willkürlich ist, da dies für eine große Zahl von Teilen die wahrscheinlichste Anordnung ist. Das geschieht eben, wenn der Inhalt einer Tasse Kaffee mit Sahne gut gemischt wird. Es ist völlig unwahrscheinlich, daß anhaltendes Mischen eine Anordnung zustande bringt, in der Kaffee und Sahne wieder getrennt sind. Boltzmann erklärte, diese statistische Interpretation des Zweiten Hauptsatzes erkläre automatisch den Richtungscharakter der Zeit selbst.

Obwohl dieser Schluß scheinbar zwingend ist, stellte sich heraus, daß er logisch unhaltbar ist. Denn aus der Symmetrie der Bewegungsgesetze im Hinblick auf beide Richtungen der Zeit folgt, daß für jeden willkürlich gewählten Zustand, der ein gewisses Maß an Ordnung aufweist, nicht nur die große Wahrscheinlichkeit besteht, daß er zu einem weniger geordneten Zustand führt, sondern auch, daß er sich selbst aus einem ungeordneten Zustand entwickelt hat. Es ist deshalb höchst wahrscheinlich, daß zur Zeit des gewählten geordneten Zustands das System eine Fluktuation (ausgehend von der Ungeordnetheit) durchmacht. Infolgedessen liefert die statistische Theorie Boltzmanns keine unzweideutige Richtung für den Pfeil der Zeit, die deshalb — wenn das überhaupt möglich ist — auf irgendeine andere Weise erklärt werden muß.

Doch die merkwürdige Situation, die darin besteht, daß die allgemeinen Gesetze der Physik (sowohl im subatomaren als auch im makroskopischen Bereich) zusammenwirken, um uns die einseitige Tendenz der Zeit zu verbergen, darf uns nicht zu dem Schluß führen, daß der Pfeil der Zeit eine rein subjektive Erscheinung sei, wie manche Philosophen behaupten. Um die Gesetze auf ein gegebenes physikalisches System anzuwenden, erlegen wir ihm gewisse zufällige »Anfangsbedingungen« auf, etwa Position und Geschwindigkeit der Bestandteile des Systems in einem gewählten Augenblick. Diese Bedingungen werden nicht von den Gesetzen selbst gestellt, die von allgemeinem, nicht von spezifischem Charakter sind. Wenn es einen tiefen Zusammenhang zwischen der Zeit und dem Universum gibt, so kann das daran liegen, daß der Pfeil der Zeit auf irgendeine Weise mit den »Anfangsbedingungen« verknüpft ist, die das bestimmte Universum, das tatsächlich existiert, als verschieden von jedem anderen Universum definieren, das vielleicht in Übereinstimmung mit den gleichen physikalischen Grundsätzen bestanden haben könnte. Mit anderen Worten, es könnte sein, daß die letzte Erklärung für den Pfeil der Zeit in der Kosmologie zu finden ist, d. h. in dem besonderen System von Ereignissen im Universum, und nicht in allgemeinen Gesetzen.

Kürzlich hat David Layzer aus Harvard einen neuen Versuch unternommen, die drei makroskopischen Pfeile der Zeit in Verbindung zueinander zu bringen: den thermodynamischen Pfeil (durch Entropie-Prozesse* in geschlossenen Systemen definiert), den historischen Pfeil (durch informationserzeugende Prozesse in gewissen offenen Systemen definiert) und den kosmologischen Pfeil (durch das Zurückweichen der Galaxien definiert). Nachdem er auf die Schwierigkeiten hingewiesen hat, die sich beim thermodynamischen Pfeil ergeben, wendet er sich dem historischen Pfeil zu, den die Urkunden der Evolution liefern. Sie alle weisen in Richtung auf zunehmende Information. Diese Urkunden werden nicht nur von biologischen Systemen hervorgebracht. Ein Bericht über die Vergangenheit des Mondes steht in seinem genarbten Gesicht geschrieben; die innere Struktur eines Sterns berichtet wie die eines Baumes über den Altersprozeß; und die komplizierten Formen, die wir in Spiralnebeln beobachten, spiegeln die evolutionären Prozesse wider, die sie bilden. Wir können den historischen Pfeil durch die Erklärung definieren, daß »der jetzige Zustand des Universums (oder irgendeines genügend großen Subsystems des Universums) einen Teilbericht über die Vergangenheit, jedoch keinerlei Bericht über die Zukunft enthält«.
Layzer skizziert eine Theorie, die den thermodynamischen und den historischen Pfeil mit dem kosmologischen in Ver-

---

* Entropie ist ein Maß der Desorganisation eines physikalischen Systems. Der Zweite Hauptsatz der Thermodynamik besagt, daß in einem geschlossenen physikalischen System, das keinen Einwirkungen von außen unterliegt, die Entropie automatisch danach strebt, sich zu vergrößern.

bindung bringt, indem er alle drei von einer gemeinsamen Grundbedingung ableitet: daß die räumliche Struktur des Universums statistisch homogen und isotrop ist. Mit anderen Worten: Keine statistische Eigenschaft des Universums kann eine spezifische Richtung oder Position im Raum definieren. Daraus leitet Layzer ab, daß eine *vollständige* Beschreibung des Universums statistisch ausgedrückt werden kann. Wenn beispielsweise ein Universum, das Layzers Grundbedingung genügt, in einem Zustand des thermodynamischen Gleichgewichts wäre, würde es durch seine Temperatur und Dichte vollständig charakterisiert, und alle anderen beobachtbaren Quantitäten könnten, wenn man nur diese beiden kennt, errechnet werden. Layzer behauptet, daß das thermodynamische Gleichgewicht des ganzen Universums wahrscheinlich nur dann vorliegt, wenn das Universum dem einzigartigen Zustand unbegrenzter Dichte nahe ist; diesen Zustand definiert er als Anfangszustand. Die kosmische Expansion erzeugt dann sowohl die Entropie als auch die Information. Layzer schließt daraus, daß sich die Welt in der Zeit entfaltet und daß die Zukunft niemals ganz vorhersagbar ist, da der spezifische Informationsgehalt des Universums seit dem einzigartigen Anfangszustand stetig zunimmt. Infolgedessen kann der gegenwärtige Zustand des Universums nicht genug Information enthalten, um irgendeinen künftigen Zustand zu definieren. »Die Zukunft wächst aus der Vergangenheit, wie eine Pflanze aus einem Samenkorn wächst, doch sie enthält mehr als die Vergangenheit.«

Trotz dieser subtilen Versuche Layzers, den Pfeil der Zeit zu begründen, und der wertvollen Einblicke in die Beziehungen zwischen den verschiedenen Einbahnprozessen im Universum, die Untersuchungen wie die seinen bieten, ist jede

Theorie, die das *gesamte* Konzept der Zeit aus primitiveren Überlegungen abzuleiten sucht — beispielsweise aus Annahmen kausaler, probabilistischer oder statistischer Natur —, zum Fehlschlag verurteilt. Denn jede Theorie, die sich bemüht, die Zeit *vollständig* zu erklären, müßte begründen, weshalb nicht alles auf einmal geschieht. So lange nicht die Existenz *sukzessiver* (nichtgleichzeitiger) Zustände der Erscheinungen stillschweigend vorausgesetzt wird, ist es unmöglich, sie abzuleiten. Wie die vielen Versuche, die Natur der Zeit zu analysieren, gezeigt haben, muß die Zeit letztlich kosmologisch betrachtet werden. Im Endergebnis ist die Zeit eine fundamentale Eigenschaft der Beziehung zwischen dem Universum und dem Beobachter, die nicht auf irgend etwas anderes reduziert werden kann.

KAPITEL 8
Die Bedeutung der Zeit

Der Begriff Zeit hat nie aufgehört, diejenigen, die über ihn nachgedacht haben, zu reizen und zu verwirren. Wir haben den Eindruck, daß die Zeit, was auch geschehen mag, unaufhörlich weitergehen muß, und dennoch finden wir, wenn wir sie analysieren, gute Gründe dafür, die Vorstellung abzulehnen, daß die Zeit eigenständig existiert. Wir betrachten die Zeit als die Ordnung, in der Ereignisse geschehen. Infolgedessen könnte, wenn es eine solche Aufeinanderfolge der Ereignisse nicht gäbe, Zeit nicht sein. »Was tat Gott, ehe Er Himmel und Erde schuf?« fragte Augustinus. Die komische Antwort, daß Gott die Hölle für die vorbereitet habe, die in seine Geheimnisse eindringen wollen, wies er zurück! Die Antwort des heiligen Augustinus lautete, daß Gott, ehe er Himmel und Erde schuf, gar nichts tat. Die Zeit wurde zugleich mit Himmel und Erde geschaffen.
Die enge Verknüpfung von Zeit und Universum läßt sich bis Plato zurückverfolgen, bis zu dem Philosophen, der einen so großen Einfluß auf Augustinus ausübte. In Platos Kosmologie, die in seinem Dialog *Timaios* ausführlich dargelegt ist, wurde das Universum aufgebaut von einem göttlichen Werkmeister, der dem urtümlichen Chaos Ordnung auferlegte, indem er es dem unterwarf, was wir heute die Naturgesetze nennen. Nach Platos Ansicht wurde das Sy-

stem der Gesetze durch ideale geometrische Formen im Zustand absoluter Ruhe bestimmt; deshalb ist er seinem Wesen nach *zeitlos*. Während der Raum von Plato als ein vorher vorhandenes Gerüst betrachtet wurde, in das das Universum eingepaßt wird, wurde die Zeit selbst vom Universum erzeugt. Denn das Universum ist im Gegensatz zu dem ewigen idealen Modell Veränderungen unterworfen, und die Zeit ist der Aspekt der Veränderung, der die Kluft zwischen den beiden (dem materiellen Universum und seinem idealen Modell) überbrückt — mit Platos berühmten Worten ausgedrückt, »ein bewegliches Bild der Unvergänglichkeit«.

Die Abneigung gegen alle Forschung, die sich mit der zeitlichen materiellen Welt beschäftigte, veranlaßte Plato, Menschen wie die Pythagoreer zu tadeln, die Probleme der musikalischen Harmonie und Akustik empirisch untersuchten. An einer amüsanten Stelle der *Politeia* (Der Staat) macht sich Plato über sie lustig, weil sie ihre Zeit damit verschwendeten, hörbare Klänge und Akkorde zu messen.

Gar lächerlich halten sie bei ihren sogenannten Heranstimmungen das Ohr hin, als ob sie das Gespräch beim Nachbarn belauschen wollten, da denn einige behaupten, sie hätten noch einen Unterschied des Tones und dies sei das kleinste Intervall, nach welchem man messen müsse, andere aber leugnen es und sagen, sie klängen nun schon ganz gleich, beide aber halten das Ohr höher als die Vernunft.

Plato war überzeugt, daß gehörte Melodien süß, ungehörte jedoch süßer seien — eine Einstellung, die tief vom Werk eines früheren Philosophen, des Parmenides, beeinflußt war. Parmenides ist der Begründer der streng deduktiven Beweisführung und der logischen Diskussion. Parmenides unterzog die Begriffe des Werdens und Vergehens scharfer Kritik und schloß daraus, daß die Zeit nicht das betrifft, was wahrhaft »wirklich« ist, sondern nur die logisch unbefriedigende Welt des Scheins, die uns von den Sinnen vermittelt wird. Die Überzeugung des Parmenides, daß der Strom der Zeit kein Wesenszug der *letzten* Natur der Dinge sei, ist ungeheuer einflußreich gewesen. Nicht nur idealistische Philosophen haben behauptet, daß die vergängliche Form unserer Wahrnehmung ohne letzte Bedeutung sei. Selbst ein so empirisch eingestellter Denker wie Bertrand Russell machte, wenn er auch die Argumente zurückwies, mit denen diese Philosophen diesen Schluß zu rechtfertigen suchten, in seinem bekannten Essay über »Mystik und Logik« folgendes Eingeständnis: »Es gibt ein gewisses Verständnis — leichter zu fühlen als auszusprechen —, nach dem die Zeit ein unwichtiges und oberflächliches Merkmal der Realität ist. Vergangenheit und Zukunft müssen anerkannt werden, damit sie ebenso wirklich sind wie die Gegenwart, und eine gewisse Befreiung von der knechtischen Hörigkeit der Zeit gegenüber ist für das philosophische Denken wesentlich.« Leider sind auch Philosophen Menschen wie alle anderen auch. Von dem russischen Philosophen Berdjajew wird eine amüsante Geschichte erzählt: Nachdem er leidenschaftlich dafür plädiert hatte, daß die Zeit unbedeutend und unwirklich sei, hielt er plötzlich inne und blickte mit echter Besorgnis auf seine Uhr, weil er fürchtete, er habe die Zeit verpaßt, um seine Medizin einzunehmen!

Es ist allgemein bekannt, daß die meisten Philosophen die Zeit als einen völlig unbefriedigenden Begriff angesehen haben. Der französische Psychologe Pierre Janet bemerkte vor einigen vierzig Jahren in seinem Buch über Zeit und Gedächtnis, daß die Zeit immer dann, wenn Nachdruck auf

Logik und Vernunft gelegt werde, nicht gefragt sei. Philosophen verspüren gewöhnlich einen besonderen Horror vor dem Begriff und haben getan, was sie konnten, um ihn zu unterdrücken. Doch es ist nicht mehr als recht und billig, auch darauf hinzuweisen, daß viele Mathematiker und Physiker skeptisch im Hinblick auf die letzte Bedeutung der Zeit und den räumlichen Begriffen gegenüber immer positiver eingestellt gewesen sind. Bis zu einem gewissen Grad mag das daran liegen, daß uns der Raum in einem Stück geboten zu werden scheint, während die Zeit in kleinen Stückchen auf uns zukommt. Die Vergangenheit muß mit der zweifelhaften Hilfe des Gedächtnisses herangeholt werden, die Zukunft ist unbekannt, und nur die Gegenwart wird unmittelbar erfahren. Selbst Einstein, der seit dem siebzehnten Jahrhundert den größten Beitrag zum Verständnis der Zeit leistete, hütete sich später entschieden vor diesem Begriff und kam zu dem Schluß, daß die physikalische Wirklichkeit als vierdimensionale Existenz, nicht aber als die *Evolution* einer dreidimensionalen Existenz betrachtet werden soll. Mit anderen Worten: Der Ablauf der Zeit soll lediglich als eine Eigenschaft unseres Bewußtseins angesehen werden, die keine objektive physikalische Bedeutung hat. Diese intellektuelle Hypothese ordnet den Begriff Zeit dem Begriff Raum völlig unter.

Doch die Zeit besitzt gewisse wichtige Merkmale, die sie deutlich vom Raum unterscheiden. Abgesehen von ihrer eindimensionalen Natur sind in unserer Vorstellung die beiden Hauptmerkmale der Zeit ihr »Pfeil« und ihr Ablauf. Während der Pfeil der Zeit die unumkehrbare Vorher-und-nachher-Folge der Ereignisse darstellt, bezieht sich der Ablauf der Zeit auf die Unterscheidung, die wir zwischen Vergangenheit, Gegenwart und Zukunft treffen. Diese beiden eng zusammenhängenden Eigenschaften dürfen nicht miteinander verwechselt werden.

Die Vorher-und-nachher-Folge ist eine permanente Reihe insofern, als die Aussage: »B ereignet sich nach A«, wenn sie einmal wahr ist, immer wahr ist. Beispielsweise ist die Aussage, daß die Schlacht von Waterloo (1815) nach der Schlacht von Hastings (1066) stattfand, eine permanente Wahrheit. Die Vorher-und-nachher-Reihe ist die Art, wie wir normalerweise eine Kette von Ereignissen in der Zeit *betrachten*. Sie ist eine Methode, analog der numerischen Ordnung zu ordnen, und vereinbar mit der Vorstellung vom »Blockuniversum«. Dagegen charakterisiert die Reihe Vergangenheit, Gegenwart und Zukunft die Art und Weise, wie wir Ereignisse tatsächlich *erleben*. Im Gegensatz zur Vorher-und-nachher-Reihe ist es eine veränderliche Reihe und verleiht dem Begriff des Geschehens Sinn. Daß es eine veränderliche Reihe ist — das, was jetzt geschieht, war einmal Zukunft und wird Vergangenheit sein —, veranlaßt uns zu Aussagen, die keine permanenten Wahrheiten sind. Für Philosophen ist diese veränderliche Reihe häufig genug eine Quelle derartiger Verwirrung gewesen, daß manche von ihnen zu dem Schluß kamen, es müsse sich dabei um eine Illusion handeln — eine Ansicht, die der Philosoph J. M. E. McTaggart in Cambridge vertrat. Die Begründung bestand aus der Behauptung, daß ein Ereignis niemals aufhören könne, ein Ereignis zu sein. »Nehmen wir irgendein Ereignis«, schrieb er, »den Tod der Königin Anne zum Beispiel — und überlegen wir, welche Veränderungen seiner Merkmale eintreten können. Daß es ein Tod ist, daß es der Tod von Anne Stuart ist, daß er die und die Ursachen hat, daß er die und die Auswirkungen hat — kein Merkmal dieser Art ändert sich je.« McTaggart behauptete, daß das fragliche Ereignis vom Anfang der Zeit her der Tod einer Königin war. Er fuhr fort:

Im letzten Augenblick der Zeit — falls die Zeit einen letzten Augenblick hat — wird es immer noch der Tod einer Königin sein. Und in jeder Hinsicht bis auf eine ist es ebenso ohne Veränderung. Doch in einer Hinsicht ändert es sich tatsächlich. Es war einmal ein Ereignis in der fernen Zukunft. Es wurde mit jedem Augenblick ein Ereignis in näherer Zukunft. Endlich war es Gegenwart. Dann wurde es Vergangenheit und wird immer Vergangenheit bleiben, wenn es auch mit jedem Augenblick immer fernere Vergangenheit wird.

McTaggart meinte, daß Vergangenheit, Gegenwart und Zukunft, obwohl sie einander widersprechen, doch für jedes Ereignis gelten müssen. Man könnte den auf der Hand liegenden Einwand erheben, daß Ereignisse diese Merkmale nicht gleichzeitig, sondern nacheinander besäßen, worauf McTaggart leicht mit dem Argument aufwarten könnte, daß unsere Aussage, ein Ereignis sei Gegenwart, werde Vergangenheit sein und sei Zukunft gewesen, bedeute, daß das Ereignis in einem Augenblick der Gegenwart Gegenwart, in einem Augenblick der Zukunft Vergangenheit und in einem Augenblick der Vergangenheit Zukunft sei. Doch jeder dieser Augenblicke ist selbst ein Ereignis in der Zeit, und dasselbe gilt für Vergangenheit, Gegenwart und Zukunft: Mit anderen Worten, die Schwierigkeit beginnt noch einmal von vorn, und wir befinden uns in einem endlosen Circulus vitiosus. McTaggart kam zu dem Schluß, daß die Zeit eine Illusion sei. Das ist meiner Ansicht nach ein Trugschluß. McTaggart beging den Fehler, das Geschehen von Ereignissen so zu behandeln, als ob es eine Form der qualitativen Veränderung wäre. Aber die Zeit selbst ist kein Prozeß in der Zeit.

Wenn auch in den letzten Jahren nur wenige Menschen von

McTaggart beeinflußt worden sind, so hat doch eine Anzahl von Philosophen und anderen argumentiert, daß der vergängliche Charakter der Zeit rein subjektiv sei. Sie betrachten diesen nicht als ein Merkmal der physikalischen Zeit selbst, sondern nur als ein Merkmal unserer Wahrnehmung der Zeit. Insbesondere behaupten sie, daß unser Begriff von der »Gegenwart«, die wir mit dem Wort »jetzt« bezeichnen, nur der zeitliche Modus unserer persönlichen Erfahrung sei, so daß es kein »Jetzt« gäbe, wenn wir solche Erfahrungen nicht hätten. Dieser Standpunkt ist für einen großen Bereich der Physik und anderer Naturwissenschaften angemessen, so lange Daten unerheblich sind und die Zeit, zu der ein Versuch angestellt wird, keine Rolle spielt. In solchen Fällen genügt es, sich bei der zeitlichen Klassifizierung von Ereignissen auf die Beziehungen »früher als«, »später als« oder »gleichzeitig mit« zu konzentrieren. Anderseits sind für den mit der Wettervorhersage beschäftigten Meteorologen die genauen Unterscheidungen zwischen Vergangenheit, Gegenwart und Zukunft ganz entscheidend. Ebenso sind für den Paläontologen, der die fossilen Urkunden im irdischen Gestein studiert, nicht nur die Daten wichtig, sondern die Unterscheidung zwischen Vergangenheit und Gegenwart beherrscht sogar sein Denken, da die Gesamtwirkung der Evolution unumkehrbar zu sein scheint.

Dennoch haben manche Philosophen gemeint, man könne die Gegenwart nicht anders als durch die Beziehung auf diese selbst definieren. Die Gegenwart ist, so pflegen sie zu argumentieren, einfach unser »Jetzt«, und da das eine Zirkeldefinition sei, bestehe kein Grund zu der Vermutung, daß das, was sie definiere, objektive Bedeutung habe. Deshalb gelangen diese Philosophen zu dem Schluß, daß wir den Begriff »jetzt« auf den Modus unserer Wahrnehmung beschränken sollten. Können wir, statt uns mit diesem Standpunkt abzufinden, die Objektivität von Vergangenheit, Gegenwart und Zukunft feststellen?

Wir wollen zunächst einmal überlegen, was wir unter Gleichzeitigkeit und Gegenwart verstehen. Nach der von Minkowski in die Relativitätstheorie eingeführten Terminologie sind zwei Ereignisse auf den beiden Weltlinien zweier distinkter Individuen A und B (ob lebendig oder unbelebt) dann gleichzeitig, wenn sie auf dem Punkt O liegen, wo sich die beiden Weltlinien schneiden. Um die Objektivität einer Erscheinung sicherzustellen, versuchen wir gewöhnlich zu zeigen, daß es sich nicht nur um eine Eigentümlichkeit in der Erfahrung einer bestimmten Person handelt. Beispielsweise sah der berühmte dänische Astronom Tycho Brahe, der den Sternenhimmel kannte wie den eigenen Handrücken, in einer schönen Nacht im November 1572 zu seiner Überraschung einen hellen Stern (es war eine »Supernova«, wie wir es heute nennen), wo nie zuvor ein Stern gewesen war. Seine Zweifel an der objektiven Existenz dieses Sterns wurden beseitigt, als sich herausstellte, daß auch andere Menschen (seine Dienstboten und einige vorüberfahrende Bauern) ihn gesehen hatten. Ebenso müssen, wenn der Begriff der Gegenwart objektiv ist, jeder A und jeder B, wenn sie sich am gleichen Punkt O befinden, das gleiche »Jetzt« haben.

Was würde es bedeuten, wenn A und B verschiedene »Jetzt« hätten, obwohl sie sich gleichzeitig in O befinden? Da wir für diesen Zweck nicht irgendwelche rein inneren Gefühle der Anwesenheit zweckdienlich miteinander vergleichen können, weil sie subjektiv sind und wir Objektivität erreichen wollen, müssen wir uns auf äußere physikalische Ereignisse und auf die Beziehung des einzelnen zur Umgebung konzentrieren. Die »Gegenwart« eines Individuums läßt sich definieren als all das, was mit ihm in einem bestimmten Augenblick in Wechselbeziehungen steht. Sie ist eine Beziehung zwischen einem einzelnen und dem übrigen Universum, ist all das, was ihm in einem bestimmten Augenblick zustößt — all das, was tatsächlich für ihn gegenwärtig ist. Diese Definition setzt nicht unbedingt Ich-Bewußtsein voraus. Sie kann auf alles Individuelle, belebt oder unbelebt, angewendet werden, solange dieses nur in Wechselbeziehung mit seiner Umgebung stehen kann.

Können wir, nachdem wir die Gegenwart auf diese Weise definiert haben, beweisen, daß sie ein objektiver Begriff ist? Die einzige Möglichkeit, das Gegenteil zu behaupten, bestände darin, daß zwei einzelne (belebt oder unbelebt) gleichzeitig verschiedene »Jetzt« haben können. Das würde der Fall sein, wenn A und B, während sie sich gemeinsam im Punkt O befinden, miteinander unvereinbare Wechselbeziehungen mit ihren Umgebungen hätten. Nehmen wir an, A ist ein Spiegel, fähig, Licht zurückzuwerfen, das auf ihn fällt, und B ein Mensch. Wenn A einen Anblick von Bäumen ohne Laub im Winter bieten würde und B die gleichen Bäume in vollem Laub sähe, könnten wir diese Nichtübereinstimmung als Beweis dafür interpretieren, daß das »Jetzt« von B gegenüber dem »Jetzt« von A in der Phase verschoben ist.

In der Praxis begegnen wir normalerweise* Nichübereinstimmungen dieser Art nie, und die physikalische Welt wäre sehr viel komplizierter, wenn wir es täten. Wir haben deshalb keinen Grund, die vernünftige Annahme zurückzuweisen, daß A und B ein gemeinsames »Jetzt« haben, und daraus folgt, daß die Unterscheidungen, die wir zwischen Vergangenheit, Gegenwart und Zukunft treffen, nicht nur subjektiv sind.

Es wurde bereits gezeigt, daß uns die Anerkennung der Rela-

---

* Halluzinationen, optische Täuschungen und ähnliches bleiben hier als falsche Beweise unberücksichtigt, und angeblich paranormale Phänomene werden abgelehnt.

tivitätstheorie nicht dazu zwingt, die Reihenfolge der Ereignisse in der Zeit als völlig abhängig vom Beobachter anzusehen. Denn wie wir bereits feststellen konnten, erlaubt diese Theorie tatsächlich eine objektive Zeitordnung für eine weite Klasse von Ereignissen, nämlich für jene, die gegenseitig aufeinander einwirken oder sich gegenseitig beeinflussen können. Infolgedessen befinden wir uns, wenn wir den Begriff der Gegenwart für irgendeinen Beobachter nach seiner Wechselbeziehung mit der Umgebung definieren, nicht im Widerspruch zur Relativitätstheorie. Wenn außerdem das Universum eine gemeinsame kosmische Zeit für Beobachter, die sich in den Galaxien befinden, zuläßt, dann haben alle Ereignisse nach dieser kosmischen Zeit eine einzige Zeitordnung. Von diesen fundamentalen Beobachtungen aus gesehen, gibt es eine gemeinsame lineare Weltzeit-Zeitordnung und eine klar abgegrenzte Unterscheidung zwischen Vergangenheit, Gegenwart und Zukunft. Wir kehren zu Platos Ansicht zurück, daß Zeit und Universum eng miteinander verknüpft sind.

ATOME DER ZEIT

Der Zeitbegriff, der in den letzten Jahrhunderten vorherrschte, basiert auf der Vorstellung des linearen Fortschreitens, setzt jedoch außerdem voraus, daß die Zeit homogen und kontinuierlich ist. Diese Annahmen wurden nicht nur von der Entwicklung genauer Methoden und Geräte zur Zeitmessung gestützt, sondern auch durch die allgemeine Abnahme des Glaubens an die traditionellen Assoziationen der Zeit mit eher magischen als wissenschaftlichen Aspekten. Es trifft zu, daß die Vorstellung von

Glücks- und Unglückstagen und kritischen Jahren — jenen periodischen Daten im Leben des Menschen, die potentielle Wendepunkte seiner Gesundheit und seines Schicksals sein sollten und die man mit der Lehre begründet, daß sich der Körper des Menschen alle sieben Jahre von Grund auf wandele — von der mittelalterlichen Kirche durchaus abgelehnt wurde. Doch auch der kirchliche Kalender förderte den Glauben an eine ungleichmäßige Natur der Zeit.

Im siebzehnten Jahrhundert wurden viele der traditionellen Praktiken, die mit diesem Kalender verknüpft waren, etwa das Fasten und die Feier von Heiligentagen, von den Puritanern angegriffen, die statt dessen die strenge Einhaltung von sechs Arbeitstagen forderten, denen ein Ruhetag folgte.

Gegen Ende des siebzehnten Jahrhunderts war diese Gewohnheit in England allgemein anerkannt. Laut Keith Thomas, der eine gründliche Untersuchung der populären Glaubensüberzeugungen im England des sechzehnten und siebzehnten Jahrhunderts in seinem Buch *Religion und Verfall der Magie* (Religion and the Decline of Magic) angestellt hat, bedeutete dieser Wandel in den Arbeitsgewohnheiten »einen bedeutenden Schritt auf dem Weg zur sozialen Anerkennung der modernen Vorstellung von der Zeit als gleichmäßig von Qualität im Gegensatz zu dem primitiven Gefühl, daß die Zeit ungleichmäßig und unregelmäßig sei«. Dennoch blieb ein Rest dieser primitiven Konzeption der Zeit erhalten in Form einer strikten Observanz des Sonntags als Ruhetag, die noch heute in manchen Haushalten erzwungen wird.

Der Glaube an die Ungleichmäßigkeit der Zeit war in der Vergangenheit, als die Gesellschaft im wesentlichen eine Agrargesellschaft war und ihr Lebensschema von den Jahreszeiten abhing, natürlicher. Der mittelalterliche christliche Almanach mit seiner Betonung des *Jahres* beruhte auf den

Bedürfnissen einer solchen Gesellschaft, während sich die puritanische Betonung eines Lebensrhythmus auf die *Woche* stützte, die für die Menschen, die in den Städten arbeiteten, natürlicher war. Während des letzten Teils des siebzehnten Jahrhunderts begannen Entwicklungen im Wirtschaftsleben über die traditionellen jahreszeitlichen Gewohnheiten zu dominieren, und das trug dazu bei, daß die wissenschaftliche Vorstellung von einer homogenen und kontinuierlichen Zeit allgemein anerkannt wurde.

Heute neigen die meisten von uns automatisch dazu, sich die Zeit als kontinuierlich vorzustellen, weil wir auch an die Kontinuierlichkeit unserer Existenz glauben. Bis zum zwanzigsten Jahrhundert war es auch möglich, an die Kontinuierlichkeit von Materie und Energie zu glauben, doch mit der Begründung der Atomtheorie der Materie und der Quantentheorie sind wir gezwungen, diese Überzeugungen aufzugeben. In den letzten Jahren ist die Kontinuierlichkeit der Zeit gelegentlich in Frage gestellt worden. Allerdings ist es noch zu früh, etwas darüber zu sagen, wie die letzte Entscheidung ausfallen wird. Es ist die Ansicht vertreten worden, daß die Zeit vielleicht nicht endlos teilbar, sondern wie Materie und Energie von atomistischer oder körniger Struktur ist. Diese Überlegung hängt mit ähnlichen Vorstellungen im Hinblick auf die Natur des Raumes zusammen. Man hat behauptet, daß die räumliche Minimalverschiebung etwa ein Billionstel von einem billionstel Millimeter betragen mag, was dem effektiven Durchmesser eines Protons oder Elektrons entspräche. Wenn das so ist, dann könnte die entsprechende Minimalzeit — das *Chronon* — die Zeit sein, die das Licht (das, was sich am schnellsten bewegt) braucht, um diese Entfernung zurückzulegen. Das wäre etwa ein Billionstel vom billionstel Teil einer Sekunde (10^{-24} Sekunden). Wenn das Chronon existiert, wäre es natürlich ein Minimalwert der eigentlichen Zeit und würde infolge der Zeitdilatation einem sich bewegenden Beobachter noch kürzer erscheinen.

Wenn die Zeit wirklich aus einer Folge von »Atomen« von solcher Kürze besteht, dann wäre sie für alle praktischen Zwecke im Grunde genommen kontinuierlich. Dennoch ist theoretisch die mögliche Existenz des Chronons, wie klein es auch sein mag, eine revolutionäre Verstellung, die einen fundamentalen Aspekt sowohl der wissenschaftlichen Zeitvorstellung, die in den letzten Jahrhunderten vorgeherrscht hat, als auch der populären Zeitkonzeption, die von den meisten Menschen intuitiv anerkannt wird, in Frage stellt*.

PRÄKOGNITION UND DIE NATUR DER ZEIT

Eine andere traditionelle Eigenschaft der Zeit, die in den letzten Jahren gelegentlich ebenfalls in Frage gestellt worden ist, ist ihre Eindimensionalität. Einige Forscher auf dem Gebiet der außersinnlichen Wahrnehmung haben behauptet, die lineare Zeit sei nicht ausreichend, um alle Ereignisse in unserer Welt zu erklären. Der Gedanke, daß die Zeit vielleicht mehr als eine Dimension habe, ist vor allem von J. W. Dunne in seinem bekannten Buch *Experiment mit der Zeit*

---

* Vielen Menschen fällt es schwer, sich die Zeit als »atomistisch« in der Struktur vorzustellen, weil sie glauben, daß dies zeitliche Lücken mit sich bringen müsse, die im Widerspruch zur Hypothese selbst ebenfalls ein Teil der Zeit wären. Doch die »Atomizität« der Zeit bezieht sich im Gegenteil lediglich auf die *Unteilbarkeit* des Chronons. Im Prinzip müßte man sich die Chronons wie eine Reihe von Kieselsteinen vorstellen, die sich berühren, so daß es zwischen ihnen keine Lücken gibt.

(Experiment with Time) behandelt worden. Er rechtfertigt hier seine Behauptung, daß in Träumen gelegentlich künftige Ereignisse erfahren werden. Ein Ereignis P, meint er, könne einem Ereignis Q in der vertrauten Zeitdimension vorausgehen, und doch könnte Q in einer anderen Zeitdimension früher sein als P. Infolgedessen wäre es, wenn P der präkognitive Eindruck von Ereignis Q wäre — beispielsweise ein Traum, der sich mit Q beschäftigt, bevor Q tatsächlich stattfindet —, legitim zu sagen, Q determiniere P, wenn es vor P in der zweiten Dimension der Zeit stattfinde.

Jede Hypothese dieser Art, die eine zweite Dimension der Zeit voraussetzt, ist schwer zu akzeptieren, weil das bedeuten würde, daß wir dann mit der verwirrenden Vorstellung eines doppelten »Jetzt« fertig werden müßten, denn was in einer Hinsicht — oder Dimension — »jetzt« ist, könnte in der anderen »vergangen« oder »noch nicht« sein. Es würde — noch schlimmer — zu folgender merkwürdigen Situation führen:

Angenommen, ich erhalte Vorkenntnis oder Präkognition von einem Ereignis, das nächsten Sonntag stattfinden soll. In einer Hinsicht — d. h. in einer Dimension der Zeit — ist dieses Ereignis noch nicht ins Sein getreten: es ist noch Zukunft und existiert noch nicht. Doch in anderer Hinsicht — oder der zweiten Dimension der Zeit — ist es vergangen und also bereits ins Sein getreten. Es ist sozusagen halbreal, da es nur zum Teil zur Existenz gelangt ist. Erst nächsten Sonntag wird es die zweite Rate seines Seins erhalten und dann erst völlig real sein. Aber geht das? Diese beiden Teile seines Seins befinden sich tatsächlich nicht im »Gleichschritt«, weil das, was in der einen Zeitdimension gerade beginnt, in der anderen längst vergangen sein wird.

Die Möglichkeit der Präkognition ist von dem Philosophen C. D. Broad in Cambridge abgelehnt worden. Broad behauptete, daß der Ausdruck »künftiges Ereignis« kein Ereignis irgendeiner speziellen Art beschreiben, wie es die Ausdrücke »plötzliches Ereignis« oder »historisches Ereignis« tun. Dagegen ist ein künftiges Ereignis so lange nichts weiter als eine unverwirklichte Möglichkeit, bis es zustande kommt, und kann deshalb selbst nichts beeinflussen, wenn auch das gegenwärtige *Wissen*, daß es ein solches Ereignis geben wird, unsere Handlungen beeinflussen kann, wenn man sich daran erinnert. Ein Ereignis, das eine frühere Erfahrung zu »erfüllen« scheint und so hinstellt, als ob es präkognitiv wäre, kann keinesfalls dazu beitragen, das tatsächliche Stattfinden dieser Erfahrung zu determinieren. Infolgedessen können, selbst wenn es Fälle von scheinbarer Präkognition geben mag, diese keine echten Präperzeptionen oder Vorauswahrnehmungen sein, und gewiß ist die Hypothese einer zweidimensionalen Zeit nicht notwendig, um sie zu erklären.

DER VERGÄNGLICHE CHARAKTER DER ZEIT

Echte Präkognition in dem Sinn, daß wir fähig sind, unter gewissen Umständen künftige Ereignisse wahrzunehmen, bevor sie tatsächlich geschehen, könnte vielleicht möglich sein, wenn wir ein Blockuniversum bewohnten, in dem, wie ich bereits sagte, physische Ereignisse nicht plötzlich stattfinden, sondern einfach da sind und darauf warten, von uns erfahren zu werden. Diese Vorstellung ist bereits aus dem Grund zurückgewiesen worden, daß Vergangenheit, Gegenwart und Zukunft objektive Merkmale physischer Ereignisse sind. Aber die Blockuniversum-Hypothese hat seltsame Folgen für geistige Ereignisse, etwa für unsere bewußten Wahrnehmungen und unsere Entscheidungen, physische Handlungen auszuführen. In einem Blockuniversum gelten, wie wir sahen, Vergangenheit, Gegenwart und Zukunft nicht für physische Ereignisse, und deshalb treten diese niemals ins Sein und hören auch nicht auf zu existieren — sie *sind* einfach. Doch welche Art von Universum wir auch bewohnen, geistige Ereignisse kommen in unserer persönlichen Erfahrung auf jeden Fall zustande und hören auch auf zu sein. Deshalb hätten, wenn wir ein Blockuniversum bewohnten, geistige Ereignisse eine völlig andere Form von Sein als physische Ereignisse. Das brächte die sonderbarsten Folgen für Ursache und Wirkung mit sich. Bei der rein physikalischen Verursachung würde eine Wirkung gar nicht von ihrer Ursache hervorgerufen, sie fände einfach zeitlich später statt. Doch geistige Verursachung eines physischen Ereignisses — etwa die Entscheidung, einen Stein in einen Teich zu werfen — würde bedeuten, daß eine Ursache (in diesem Fall der Entschluß, den Stein zu werfen) plötzlich ins Sein tritt, die Wirkung (das Platschen, wenn der Stein die Wasseroberfläche trifft) jedoch nicht: sie wäre einfach da. Ein so seltsamer Unterschied zwischen Ursache und Wirkung wäre vollkommen unverständlich.

Wenn physische Ereignisse von ewig her da sind, wie könnten wir dann die Illusion gewinnen, sie seien nicht da? Gewiß, wir besitzen die Fähigkeit, aufeinanderfolgende Phasen sinnlicher Erfahrung vorübergehend bewußt wahrzunehmen, weil unser Geist der Welt angepaßt ist, in der wir leben, und das ist eine sich ständig verändernde Welt. Die Einwände, die gegen den vergänglichen Charakter der physikalischen Zeit erhoben werden, sind ein Rückzugsgefecht zugunsten des uralten Glaubens an den im wesentlichen unveränderlichen Charakter des Universums und an die im letzten völlige Bedeutungslosigkeit seines zeitlichen Aspekts. Doch die Vergänglichkeit der Zeit ist alles andere als ein unwesentlicher, weil rein subjektiver Charakter, sondern die tiefste Bedeutung der Zeit ist gerade in ihrer vergänglichen Natur zu finden. Denn genau wie der Grund für das Böse in einem sittlichen Universum der sein muß, daß es ohne Böses kein Gutes geben könnte — da es dann nichts gäbe, wovon sich das Gute abhöbe und was dem Begriff dadurch erst Sinn verliehe —, so könnte ohne die Tatsache der Vergänglichkeit die Permanenz keine Bedeutung haben.

Um zum Schluß zu kommen: Obwohl unsere Wahrnehmung der Zeit viele subjektive und sogar gesellschaftliche Züge hat, beruht sie auf einem objektiven Faktor, der eine äußere Steuerung für die zeitliche Koordinierung unserer physiologischen Prozesse liefert. Diesen objektiven Faktor nennen wir physikalische Zeit. Sie ist eine grundlegende Eigenschaft des Universums und seiner Beziehungen zu Beobachtern, vor allem fundamentalen Beobachtern, die auf nichts anderes zurückgeführt werden kann. Doch das bedeutet nicht, daß sie eigenständig existiert: sie ist ein Aspekt der Erscheinungen. Das Wesen der Zeit liegt in ihrer vergänglichen Natur. Daß das zu so vielen Auseinandersetzungen im Lauf der Jahrhunderte geführt hat, kann nicht überraschen, denn es ist, wie Whitehead sagt, »unmöglich, über die Zeit und das Mysterium des schöpferischen Verfließens der Natur zu meditieren, ohne von der Emotion wegen der Grenzen der menschlichen Intelligenz überwältigt zu werden«.

Die zeitliche Ordnung in der speziellen Relativitätstheorie

Um die auf Seite 134 besprochenen Ergebnisse nachzuprüfen, muß man auf die Lorentzschen Formeln für die spezielle Relativitätstheorie zurückgreifen. Diese Formeln findet man in jedem Lehrbuch, das sich mit diesem Thema beschäftigt.

Der erste Beobachter A und der zweite Beobachter B sind bei Ereignis E zusammen, dem deshalb jeder von beiden die Entfernung Null von ihm selbst zuschreibt. Außerdem kann jeder Beobachter seine Uhr so stellen, daß sie bei Eintritt dieses Ereignisses die Epoche Null zeigt. Nehmen wir an, daß A dem Ereignis F, das in der Entfernung r von A stattfindet, die Epoche t zuschreibt. Da nach Wahrnehmung von A das Ereignis F später als E stattfindet, ist der Wert von t größer als Null. Wenn die Geschwindigkeit von B relativ zu A gleich V ist, dann ist nach den Lorentz-Formeln die dem Ergebnis F von B zugeschriebene Zeit t' nicht die gleiche wie t, wie es in der klassischen Newtonschen Physik der Fall wäre, sondern

$$t' = \frac{t - Vr/c^2}{\sqrt{(1 - V^2/c^2)}}$$

wobei c die Lichtgeschwindigkeit ist.

Da V kleiner als c sein muß, folgt, daß, wenn die Entfernung r des Ereignisses F nach der Wahrnehmung von A kleiner ist als ct, t' größer ist als Null. Infolgedessen stimmt B mit A darin überein, daß F später als E stattfindet. Ebenso finden wir, daß, wenn r = ct ist, t' bei allen zulässigen Werten für V immer noch größer ist als Null, und deshalb betrachtet B auch jetzt F als nach E stattfindend.

Wenn r jedoch größer ist als ct, können wir einen zulässigen Wert für V erhalten, bei dem t' = O ist, nämlich V = c²t/r, was in diesem Fall weniger als c ist. Infolgedessen findet für den Beobachter B, der sich mit dieser Geschwindigkeit V relativ zu A bewegt, das Ereignis F gleichzeitig mit E statt. Wenn V größer sein soll als c²t/r (aber natürlich kleiner als c), ist jedoch t' negativ. Daher betrachtet der Beobachter B in diesem Fall das Ereignis F als *vor* dem Ereignis E stattfindend.

Diese Ergebnisse, die hier algebraisch gefunden worden sind, lassen sich geometrisch durch folgende Zeichnung veranschaulichen. Die Achsen stellen die Zeiten t und die Entfernungen r nach Wahrnehmung von A dar. Jedes Ereignis,

Abbildung 20

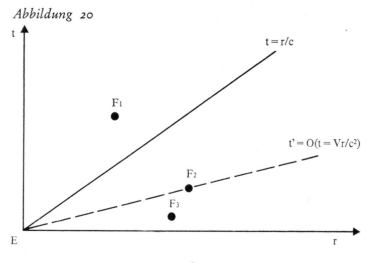

dem B die gleiche Zeit $t' = O$ zuschreibt, wie er es bei E tut, wird von einem Punkt auf der mit $t' = O$ bezeichneten Geraden dargestellt, für die $t = Vr/c^2$, der Wahrnehmung von A entsprechend, ist. Diese Gerade liegt stets unter der Geraden $t = r/c$, weil V kleiner als c sein muß. Wenn r kleiner ist als ct, dann liegt F über der Geraden $t = r/c$, beispielsweise in F_1, und damit über der Geraden $t' = O$. Infolgedessen ist der Wert für t', den B dem Ereignis F zuschreibt, größer als Null, die E zugeschriebene Zeit. Wenn jedoch r größer ist als ct, dann liegt F unter der Geraden $t = r/c$, beispielsweise in F_2. Wir können dann für V einen zulässigen Wert finden, für den F_2 auf der Geraden $t' = O$ liegt, und damit ist für den entsprechenden Beobachter B das Ereignis F_2 gleichzeitig mit E. Wenn schließlich F unter dieser Geraden liegt, sagen wir in F_3, dann ist t' kleiner als O, und B betrachtet das Ereignis F als vor E stattfindend.

Bibliographie

Der Autor hat außer den im Text bezeichneten Büchern folgende Werke in Fußnoten genannt:

Jean Marie Guyau: *La genèse de l'idée du temps*, Paris 1890
Erwin Panofsky: *Studies in Iconology. Humanistic Themes in the Art of the Renaissance*, Oxford 1939

Die Übersetzer haben benutzt:
Denis Diderot: *Œuvres complets*, Paris 1875—1877, Bd. IX, S. 366 f.
Albert Einstein: »Zur Elektrodynamik bewegter Körper«, in: *Annalen der Physik*, Bd. 17, 1905
Albert Einstein: »Die Relativitäts-Theorie«, in: *Vierteljahrsschrift der Naturforschenden Gesellschaft in Zürich*, 56, 1911
Karl von Frisch: *Du und das Leben*, 94.—103. Tsd., Berlin 1947
Karl von Frisch: *Biologie*, 2 Bde., München 1952/53
Helmuth von Glasenapp: *Die nichtchristlichen Religionen*, Frankfurt 1957
Hermann Helmholtz: »Über die Entstehung des Planetensystems« (1871), in: *Populäre wissenschaftliche Vorträge*, 3. Heft, Braunschweig 1876

Pierre Janet: *L'évolution de la mémoire,* Paris 1928

Immanuel Kant: *Allgemeine Naturgeschichte und Theorie des Himmels,* 1755

Wolfgang Köhler: *Intelligenzprüfungen an Anthropoiden,* Abh. d. Preuß. Akademie, Phys.-math. Kl. 1915 (versch. spätere Ausgaben)

G. W. Leibnitz: »Dritter Brief an Clarke«, in: *Hauptschriften zur Grundlegung der Philosophie,* übers. v. A. Buchenau, hrsg. v. E. Cassirer, Bd. 1, 1904 (Philosophische Bibliothek 107)

Thomas Mann: *Der Zauberberg,* 1924, Viertes Kapitel, Abschnitt »Exkursion über die Zeit«

Hermann Minkowski: »Raum und Zeit«, in: *Jahresbericht der Deutschen Mathematiker-Vereinigung,* Bd. 18, 1909

Montesquieu: *Lettres Persanes,* Amsterdam 1721

Nemesios, Bischof von Emesa (4. Jh.): »Über die Natur des Menschen«, griechisch hrsg. v. Matthäi, Halle 1802; lat. Übers. im Mittelalter viel gelesen, hier benutzt: Holzinger, Leipzig 1887

Plato: *Politeia* (Der Staat), VII, 530 c (Schleiermacher, zwei Wörter geändert)

Plato: *Theaitetos,* 197 d—198 d (nach Schleiermacher)

Plato: *Timaios,* 37 d (nach Hieronymus Müller)

Giovanni Battista Vico: *Principi di una scienza nuova d'intorno alla commune natura delle nazioni,* Neapel 1725, viele Ausg., hier benutzt: Neapel 1826, 2 Bde.

Hermann Weyl: *Raum, Zeit, Materie,* 6. Aufl., Berlin 1970

Für Zitate aus Bibel, Homer, Shakespeare sind die üblichen deutschen Übersetzungen benutzt, Zitate anderer englisch schreibender Autoren aus dem hier vorliegenden Text übersetzt worden.

Register